IRREPETIBLE

Primera edición: noviembre de 2016
Quinta reimpresión: octubre de 2018

Diseño de cubierta: Penguin Random House Grupo Editorial / Manuel Esclapez
Ilustración de cubierta: Elisa Ancori

Printed in Spain – Impreso en España

ISBN: 978-84-204-8461-7
Depósito legal: B-19.725-2016

Impreso en Limpergraf
Barberà del Vallès (Barcelona)

AL 8 4 6 1 7

Penguin
Random House
Grupo Editorial

ROY GALÁN

IRREPETIBLE

BLACK Birds

a mami, que nos dejó

un tiempo con rosa.

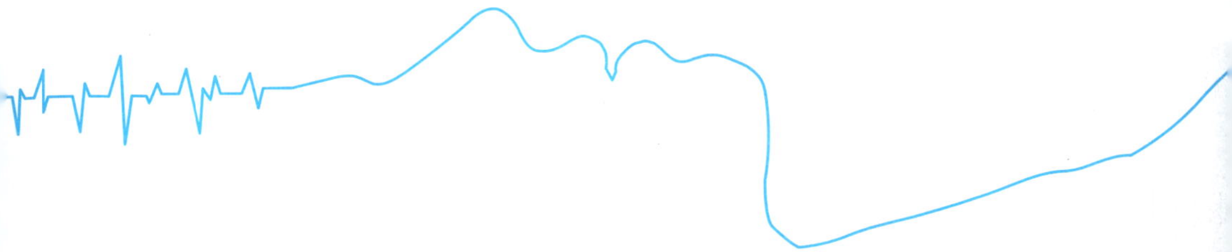

tengo una muy MALA noticia.

el final.

la humanidad en este planeta tiene los días contados.

nos quedan, siendo optimistas, 340.000 días.

si a esto le descontamos los días que los seres humanos pasarán

trabajando,

desplazándose,

en el baño,

durmiendo,

haciéndose fotos a sí mismos,

o discutiendo por ver quién lleva la razón,

podemos afirmar, sin riesgo a equivocarnos, que nos queda, como especie sin ataduras, unos 336 días. o como mucho, muchísimo, 365 días.

un año de libertad.

y es que un día vendrá un asteroide en forma de colleja cósmica y le dará al planeta Tierra en toda la nuca como ya hizo con los dinosaurios.

ZASCA.

a d i ó s a la vida.

este sería en el mejor de los casos.

porque hay otro caso en el que nos acabamos destruyendo entre nosotros.

los unos a los otros.

y lo del asteroide, bueno, qué le vamos a hacer, pero imagina que nos extingue algo que hemos ideado y fabricado nosotros.

eso no tendría ningún perdón.

en el mundo existen miles de armas nucleares.

y si alguien decidiera accionarlas todas a la vez,

ZASCA.

adiós a la vida, de nuevo.

tampoco vamos a ponernos tremebundos.

no todo va a ser malo.

también tengo una buena noticia.

te voy a contar algo.

cómo se llega al principio.

el lugar antes de todo.

en el que todavía no había muchas preocupaciones.

porque aún estabas por suceder.

este es el libro que me hubiera gustado leer después de que las cenizas de mi madre se ahogaran en el mar azul.

tu desaparición.

vamos a pasar por este trance lo más rápido posible.

sobre todo porque este no va a ser uno de esos libros horribles y deprimentes.

bueno, a veces lo será, pero también alegre y hermoso y todo lo demás.

como tú.

como la existencia.

ERES/1/YOGUR

y no es un piropo.

lo que sucede es que tienes fecha de caducidad.

y nadie sabe cuál es.

tal vez ahora no quieras pensar en ello.

igual que no miras la aguja cuando te sacan sangre.

pero será importante que en algún momento lo hagas.

un día algo dentro de ti se caerá.

o fuera, quién sabe.

y ya está.

dejarás de tener validez para el consumo humano.

y ahora

te preocupa no haber cuadrado bien las cuentas.

tu nuevo corte de pelo que no te convence.

estás llorando porque no te quieren.

con angustia por si te tienen que amputar un dedo.

demasiado pendiente de lo que piensan de ti.

pensando en todas aquellas cosas que podías haber hecho mejor.

y mientras

tu cuerpo sigue funcionando en milagrosa armonía.

confabulando para que puedas estar

luchando contra la incesante fragilidad.

cada nanosegundo.

para que tú no desfallezcas.

para que tú puedas seguir.

para que puedas releer esta frase una y otra vez.

para que puedas peinarte.

para que puedas entender una ecuación.

para que puedas morder una manzana.

para que puedas no hacer nada.

eso merece un profundo respeto.

sacudir la cabeza.

como si apartaras una mosca cojonera.

merece un suspiro.

y tener más a menudo una sonrisa en la cara.

aunque nadie te esté mirando.

si no te acabas tú primero

lo tendrá que hacer el resto antes.

esto es la desaparición de otros.

algunos a los que nunca viste.

desconocidos.

que se desploman a cada instante.

y de los que tú solo escuchas el ruido.

en las noticias

o en otras bocas.

pero también el fin de aquello que conociste.

alguna vez le tendrá que tocar.

a tu mascota.

a tu prima.

a tu abuelo.

a tu hermana.

a tus amigos.

sé que te dan muchas ganas de abrazarles cuando piensas en eso.

si puedes, hazlo.

yo te espero.

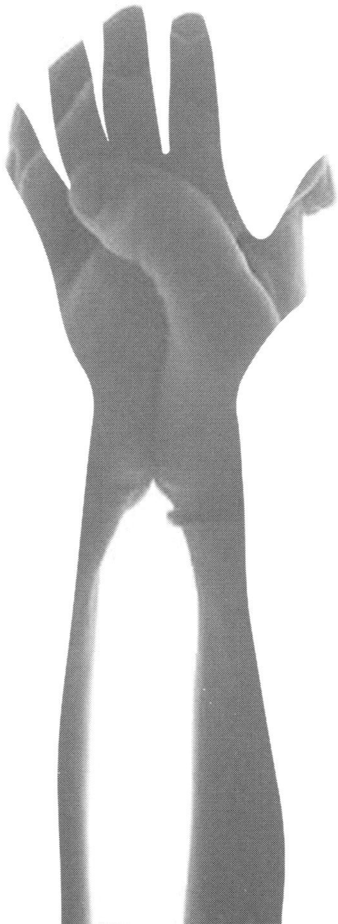

¿hecho? genial.

es que nos acostumbramos

de muy mala manera

a que estén.

a que sigan.

pero en algún momento tendrás que convivir con su ausencia.

la ausencia es bastante terrible.

por no decir que es lo puto peor.

porque los recuerdos que tenías se disuelven como un terrón de azúcar en agua.

porque no sabes qué hacer con las ganas de volver a ver algo que ya no existe.

¿sabes la de seres que ya no están aquí?

que ya no tienen la vida.

que ya no pueden volver a comenzar.

que no podrán alimentar a sus crías.

ni mover el rabo.

que no podrán abrir y leer una página al azar para reencontrarse con holden entre el centeno.

que nunca más podrán cruzar las piernas al sentarse.

que no podrán mandar el emoticono de la cara del gato.

que no podrán escuchar por quincuagésima novena vez esa canción de bowie.

que nunca supieron lo que era internet.

que pensaron que ya lo pensarían mañana.

eso merece un profundo respeto.

pararse.

como si te hubieras dado cuenta de algo importante.

merece una lágrima.

y tener más a menudo un gracias en la boca.

aunque nadie te esté escuchando.

hay un truco para hacer algo distinto a desaparecer.

solo necesitas un poco de amor.

anda, no me seas impaciente.

sigue leyendo.

que luego te lo explico.

si te arrugas lo suficiente significará que lo has conseguido.

que sobreviviste.

a las colisiones.

a las roturas.

a las bacterias.

a los estallidos.

a todo lo contaminado.

a la depresión.

a algunos seres inhumanos.

a

significará que te retuviste.

que fuiste capaz de hacer malabarismos con la fragilidad.

y en vez de sentir admiración

nos avergonzamos.

de los surcos.

de las pérdidas.

de los achaques.

nos escondemos de esa vejez.

la señalamos y nos burlamos de ella.

obviamos el amor y el miedo

de los que llevan más tiempo aquí.

como si eso no fuera una pasada.

como si llegar a ser mayor no fuera un superpoder.

por eso yo preferiría ser una caca de perro a ser *kriptonita*.

imagínate.

ahí, debilitando.

poniéndote delante de todos los seres humanos.

que ya estaban

cuando tú llegaste

a una película ya empezada.

solo tienes que sentarte con cuidado y preguntar.

¿qué me he perdido?

y que te cuenten lo que no has visto.

hasta llegar a lo que está pasando.

y seguir viéndola.

en compañía.

la energía oscura hace que entre dos galaxias se genere más espacio.

la materia y la energía son cosas equivalentes.
desconocemos qué es el 70 por ciento de la materia-energía.
solo sabemos que es una fuente de energía repelente que hace que el universo se expanda de manera acelerada.
el espacio que hay entre las galaxias.
si las galaxias están lo suficientemente cerca se fusionarán.
como un niño regresando al vientre de su madre.
pero si están lo suficientemente lejos, la expansión vencerá a la gravedad y las galaxias se alejarán eternamente.
como el silencio en una mesa a la hora de comer.

¿a qué distancia están tus padres de ti?

tus padres no son tus padres.

no te pertenecen.

y no te deben nada.

todo, absolutamente todo, lo que hacen, es porque quieren.

tu madre no tenía que ir a buscarte después de kárate.

tu padre no tenía que recordarte que te dejabas la mochila.

pero lo olvidamos.

la rutina y la confianza apestan.

y damos por sentado a los padres.

les sentamos junto al cuadro del pasillo que siempre ha estado ahí,

junto a la nevera.

no les vemos.

son una fotografía mental del hogar.

pero tu padre era algo más antes de ser tu padre.

pero tu madre era algo más antes de ser tu madre.

estaban antes que tú.

con el dolor de una muela picada.

con los nervios antes del primer beso.

mirándose en un espejo y sintiéndose a veces feos.

ellos también tienen miedo.

aunque no te lo digan.

y si te cuidan, es que algo deben de quererte.

aunque no te lo digan.

tú puedes decirlo.

eres libre

de dar un beso por las buenas.

por sorpresa.

te quiero, mamá.

te quiero, papá.

gracias.

muac.

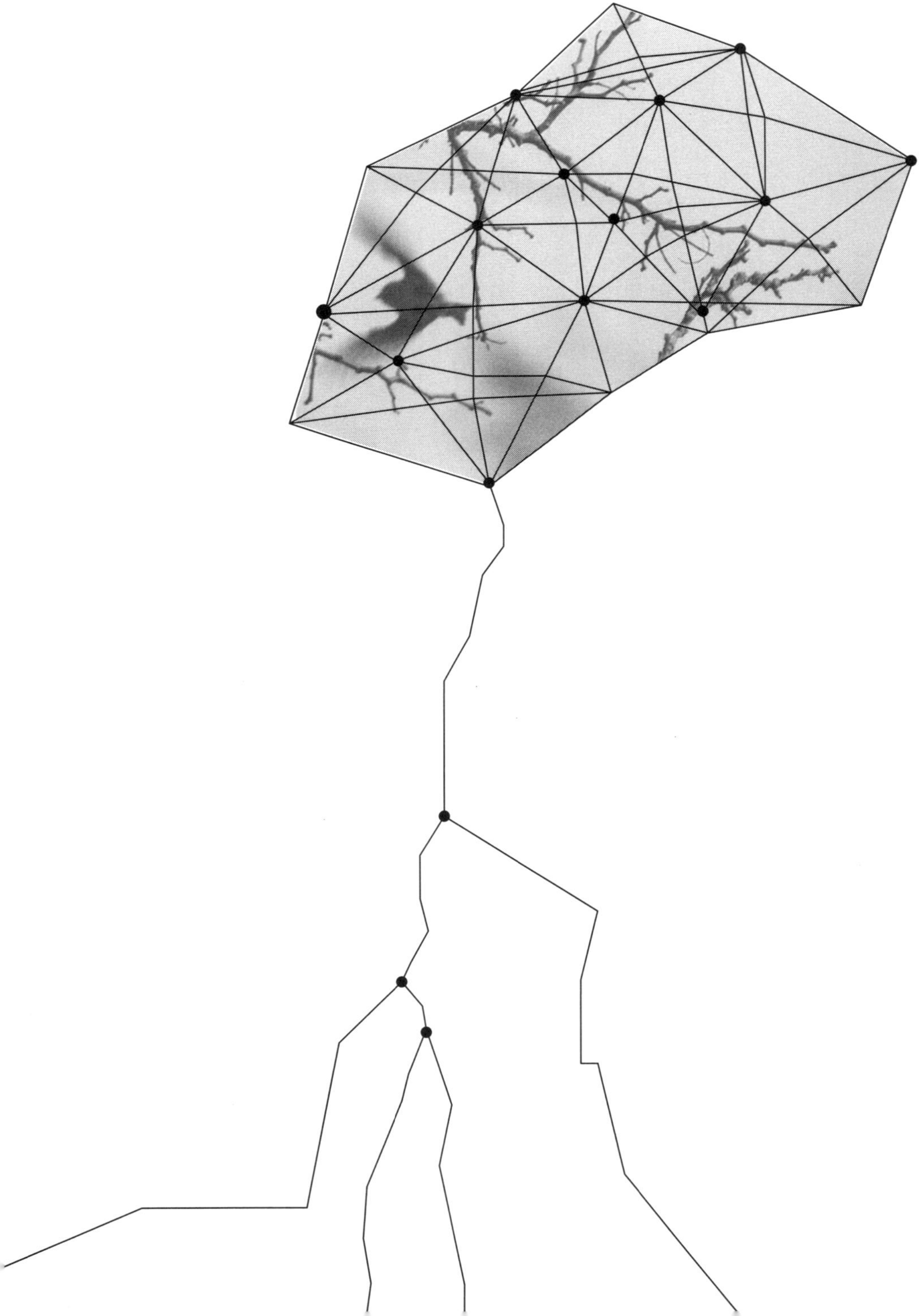

los seres humanos decidimos.

de manera constante.

pero no solo en las grandes cuestiones.

esas que aparecerían en tu entrada en la *wikipedia*.

también decidimos de una manera imperceptible.

sin apenas darnos cuenta de que lo estamos haciendo.

como cuando pestañeamos o suscribimos un contrato de compraventa al adquirir un chicle.

decidir es trazar una línea de puntos.

para luego recortar y separar del resto.

el resto son todas esas opciones infinitas que hemos descartado.

para quedarnos solo con una.

con esta.

con la que sucede.

has decidido estar leyendo este libro y no otro.

decides comer animales.

decides comprarte un tercer pantalón.

decides gritarle.

decides culparte.

decides herir.

decides dinero en vez de tiempo.

o todo lo contrario, quién sabe.

decides levantarte de la cama porque quieres estudiar.

decides estudiar porque quieres más opciones de trabajo.

decides trabajar porque quieres comer.

decides comer porque quieres seguir con vida.

decides vivir.

por eso la queja, tu queja, no tiene ningún sentido.

porque nadie te obliga a hacer lo que haces.

y porque siempre te queda otra.

hasta que te acabas.

ahí ya sí que no hay otra.

mientras tanto decidimos de manera constante.

menos aquello que es un accidente.

el alud, el nacimiento, o una enfermedad.

si te conviertes en víctima: ¿por qué a mí?

o en superviviente: no sé por qué, pero sigo aquí.

aún así decidimos qué hacer con el accidente.

tú decides si aprovechas el accidente como una ola.

que te ayuda a llegar hasta la orilla de una isla por explorar.

eres una | deci ✗ | sión. ✓ |

y tiene que haber un lugar en el que están todos los calcetines sueltos que se tragó la lavadora.

todas las tapas de los *tuppers*.

todos los mecheros.

todas las gomas negras para el pelo.

junto con las decisiones que no tomaste.

esperando a ser, tal vez, rescatadas.

creo que si ese lugar existe tiene que ser .

y que se encuentra en un extremo del horizonte.

un día.

de mediados de abril.

el pensamiento humano es pura verborrea.

esto se debe a que piensas con palabras.

no puedes hacerlo de otra manera.

venga, intenta pensar en algo sin usar una palabra.

¿ves?

normalmente las palabras están todas ahí, en el fondo, como absurdos peces de colores.

cientos de miles,
rosas y magentas.

puede que alguno naranja también.

se arremolinan.

haciendo cosquillas.

L_TRA. CIERVO. VASOS POSA . VIE N T O. TÚ. MAZAPÁN.

no todos son bonitos, claro.

muchos son inmensos y les falta algún ojo y tienen bigotes duros y largos.

NO. GORDA. POBR€. I≠ÚTIL. CRII. ADIOS.

algunos seres humanos le tienen pánico a los peces.

les atemoriza la simple idea de que se reproduzcan entre ellos y acaben convirtiéndose en feroces tiburones grises.

tienen un trastorno un tanto escamado

que se llama neurosis.

hablan sin parar de sí mismos.

se confunden y creen que ellos y esos peces son lo mismo.

al **JUN+TAR** **VARIAS VARIAS VARIAS VARIAS VARIAS VARIAS VARIAS VARIAS** palabras **CONSTRUYES** el **PENSAMIENTO.**

es como si, de pronto, arrojaras migas de pan y se agolparan varios peces.

ñam.

en ese momento los tienes todos juntos y puedes cogerlos con una red.

y **hablar**.

me gustaría ver una estrella fugaz.

hay un problema con las palabras y es usarlas mal.

pero no de manera equivocada.

es usarlas en un mal pensamiento.

nunca me ha querido.

cuando te piensas mal.

de una forma que nos hace daño.

entonces nuestra realidad está mal

y nos devoran los tiburones.

ñam.

con lo sencillo que sería moverse un poco para que los peces se

sacar
y los pies del agua.

alejaran.

hay una cosa que da mucha rabia.

y es que las palabras se desgasten por el uso.

hay palabras que se disparan a diestro y siniestro y dejan agujeros.

PERDÓN

y luego tú la cagas.

y enmudeces.

porque no quieres, ni puedes, decirlo de la misma manera que el resto.

porque quieres disculparte.

pero tu perdón no es ese estribillo de esa mala canción en la radio.

tampoco es el perdón que pides cuando te tropiezas con alguien en la calle.

y mucho menos es el perdón del que vuelve a hacerlo al día siguiente.

tú no quieres que suene a excusa.

porque no es un perdón común.

es el tuyo.

el que tú sientes.

¿qué pasa cuando te dejan sin palabras?

que tienes que inventarte una nueva.

es lo más bonito que puedes hacer por alguien.

también es muy importante.

eso, crearle una palabra.

una que diga exactamente lo que tú quieres decirle.

que no exista para nadie más.

que no haya sido nunca pronunciada antes.

dándole valor de nuevo al significado.

yo, cuando tenga que pedirte perdón, te diré «cordela».

mi lengua en el paladar vibrando con el aire.

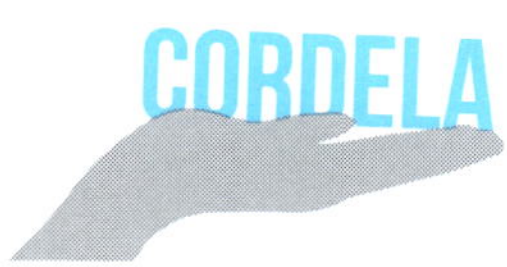

mi aliento en la «a».

y sabrás que lo siento

de verdad.

de esa manera profunda, ancha.

e infinita.

que supone la promesa

de intentar no volver a herirte nunca más.

ahora que ya sabes que piensas con palabras

y que eres una decisión y no una opinión.

¿qué palabras son las que vas a usar?

estamos haciendo este viaje hacia el principio.

también al de las palabras.

a su origen.

necesitas saber qué dices con lo que estás diciendo.

algunas las usas sin saber de dónde vienen.

no es solo pensar en esa persona.

le estás diciendo que la estás pasando de nuevo por el corazón.

o cuando lanzas un piropo.

es una palabra de fuego.

roja como un rubí.

otras, tal vez, no las hayas escuchado nunca.

petricor.

que es ese olor tan chulo de la lluvia al caer en el suelo seco.

como si el polvo chorrease.

si no le tienes afecto a las palabras

llegará el mal entendido.

querrás decir algo y usarás una palabra que no sientes.

y todo será mucho peor.

elige bien

lo que quieres decir.

y cuándo debes quedarte en silencio.

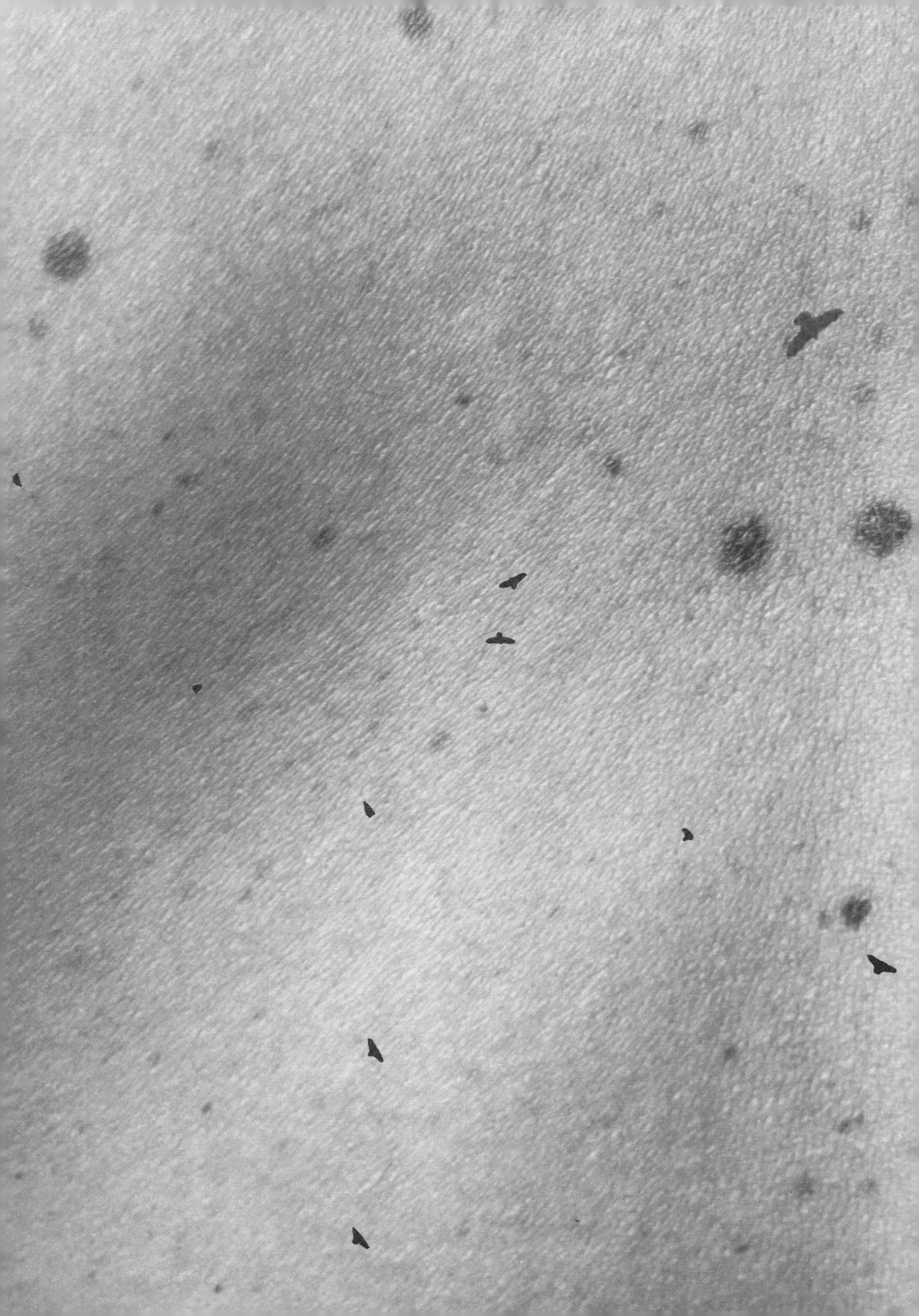

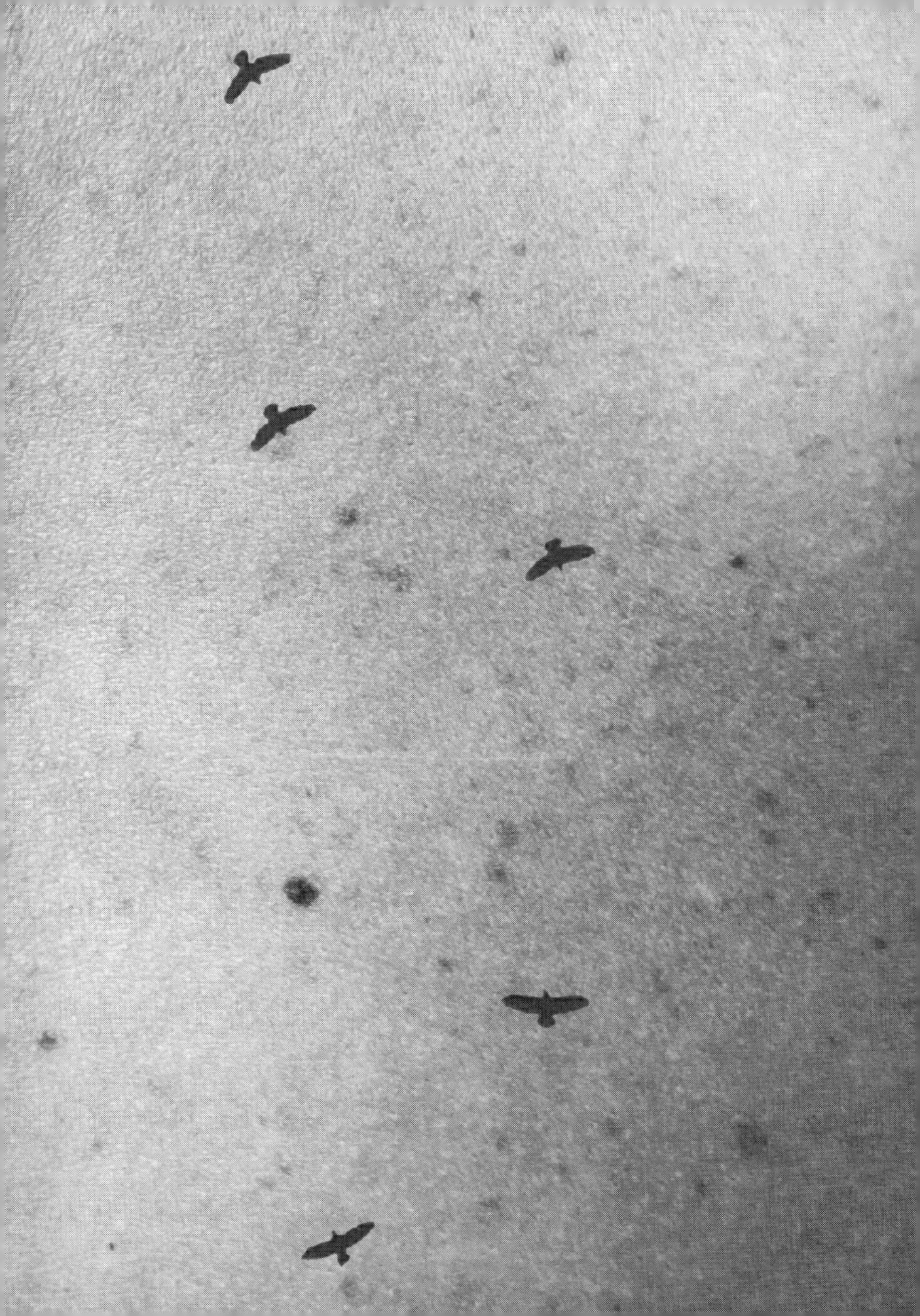

la piel es el órgano más grande del cuerpo humano.

en esa gran matrioska que es el universo,
una galaxia,
un planeta,
un continente,
tu piel.

y ahí estás tú, dentro.

todo tu jodido caos rotando.

la piel sirve para comunicarnos con el exterior.

también para avisarnos del peligro.

o para mostrar la emoción.

la piel de gallina.

ey, me enchinaste la piel.

simples vestigios de cuando fuimos aves.

hay algo indudable y es que tu piel va a cambiar.

¿qué sucederá contigo cuando tu piel cambie?

si se quema, se ensancha, se arruga, se hunde o se afloja.

si se llena de rojeces o de cicatrices.

o de grasa.

¿seguirás siendo tú?

claro, tú sigues dentro.

desde el primer segundo de tu vida.

tú sigues dentro.

y lo mejor será que te acostumbres

al envoltorio del regalo más grande que nadie te hará jamás.

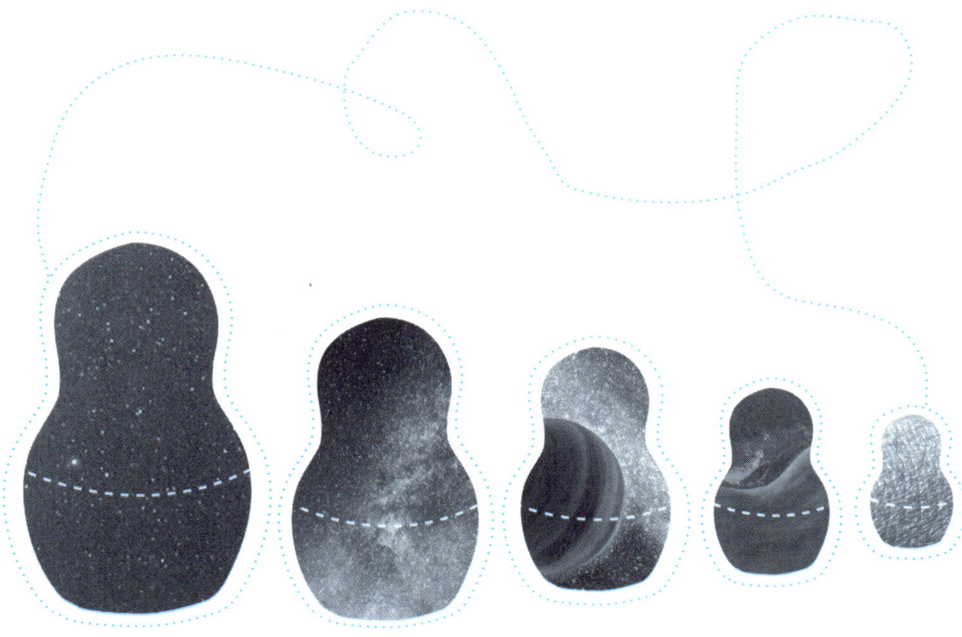

¿sabes lo que molaría un montón?

que el resto quisiera tu cuerpo tal y como se manifiesta.

lo que pasa es que conseguirlo va a ser un poco complicado.

porque no puedes controlar lo que otros piensen.

y porque el ser humano necesita sentirse poderoso.

pero hay algo que sí que puedes hacer y no depende de nadie.

y es aceptarlo tú, sin más.

aunque también va a ser un poco peliagudo.

porque hay personas a las que no les interesa que estés bien.

porque te quieren mal.

te quieren con inseguridad.

te quieren débil.

te quieren con desesperación.

porque solo así pueden conseguir algo de ti.

si no quieres cambiar, no les sirves.

quieren un desembolso.

y tu disposición.

porque así es imposible rebelarse.

porque así estás perdiendo tu tiempo en ser lo que otros quieren que seas.

malgastando tu vida intentando encajar

en una imagen mental

por la que tienes que pagar.

cargando imagen ...

que quieras

borrarte

es un fracaso de los seres humanos

que no sabemos proporcionar el afecto.

haciéndote creer que adoptando otra forma

te amaremos más.

no es verdad.

el amor no tiene nada que ver con la forma.

sino con el fondo de este asunto.

pienso en todos esos seres humanos intentando transformarse.

despigmentando su oscuridad.

limándose algunos huesos

y haciendo aflorar otros ocultos.

acumulando las arrugas detrás de las orejas.

hinchando los labios.

aumentando las tetas.

succionándose las caderas.

extirpándose así a todos sus antepasados

y todo lo que hasta entonces les pasó.

la estructura ancha de la abuela paquita.

la nariz de tu tío el que se quedó soltero.

la expresión de la boca de tu padre cuando algo le salía bien.

tu decepción en la frente de cuando ya no.

tu entrecejo fruncido de cuando no sabías.

tus ojeras de preocupación.

todo borrado.

toda esa genética.

todos esos pliegues tuyos

secándose como fruta al sol.

la cara de tu madre desaparecerá algún día.

y ya solo te quedarán fotos para recordarla.

y todo aquello que te haya dejado de herencia en tu cuerpecito.

no sabes el orgullo que es transitar la existencia con algo de alguien
que te quería.

y si otro ser humano se burla de algo que te pertenece,

puedes ser valiente

para respetar la forma natural que adoptaste.

hasta el final.

y la verdad.

es que eso sí que es amor.

¿no crees?

¡qué asco!

los seres humanos tememos el asco pegado a la boca.

nos dan asco los fluidos.

aquello que fluye.

aquello que nos mantiene en pie.

o que nos salva.

la sangre, los mocos, el pus.

nos dan asco los sólidos.

aquello que impide el fin.

aquello que contribuye a que podamos seguir amando

o seguir haciendo bizcochos.

las placentas, los coágulos, la mierda.

nos dan asco las cosas invisibles.

aquello que se esconde.

aquello que provoca pudor

o vergüenza.

la celulitis, el vello, los michelines.

¡qué asco!

y hacen que nos sintamos fatal.

porque contraen la garganta

ante la simple presencia de nuestros fluidos,

de nuestros sólidos

o de nuestra masa corporal.

la materia no puede darte asco.

la savia de una rama rota.

el interior de un nido.

las marcas que deja una ballena varada cuando se libera de la superficie.

un gato que vomita leche.

una cucaracha cuidando de sus huevos.

si te da asco esto

es que te da asco la vida.

y eso sí que no.

porque repugnante es lo que le hacen algunos seres humanos a otros y al mundo.

pero la
vida solo es.

ni más.

ni menos.

ahora que lo pienso no sé qué aspecto tienes.

no sé si tus paletas se separan y puedes escupir entre ellas.

si tus orejas parecen tomates reventados y puntiagudos.

si tus muslos se rozan entre ellos en verano.

si usas gafas y cuando te las quitas tus ojos parecen dos botones brillantes.

no sé si te muerdes las uñas hasta hacerte heridas.

si la piel se te llena de pelo por todos lados.

si tu vientre es una barrigota.

si tu culo es inmenso.

no sé si tienes las raíces siempre grasas.

si tienes varices en las piernas.

si tienes cara de rata.

si tu boca es fina y parece que nunca sonríes.

no sé si tienes dos tetas como dos limones.

si la frente llena de granos.

si una cicatriz te atraviesa la mejilla.

si una mancha te cubre el cuello.

no sé si tienes seis dedos en un pie.

si la nariz parece una pirámide.

si te estarás quedando calvo.

no sé cómo es tu cáscara.

y la verdad es que me pasa como a rhett butler con escarlata o'hara en *lo que el viento se llevó*.

con tal de que no te borres y no te des asco.

el resto, francamente, me importa un bledo.

eres una migaja extraterrestre.

te puede sonar tremendamente cursi,
pero es la auténtica verdad.

la verdad puede dar miedo,
pero nunca es cursi.

antes solo había hidrógeno.

H

todo lo demás se formó dentro de una estrella

que estalló

y lo dejó todo perdido de vida.

será necesario que en algún momento recuerdes esto
para poder seguir.

no te preocupes.

te lo volveré a mostrar.

si no te ha pasado ya

puede que te pase.

te va a gustar otro ser humano

mucho.

muchísimo.

no sé qué forma habrá adoptado la materia de ese ser humano.

si será el de un hombre o una mujer.

pero ahí estará.

un día sentirás estalactitas en los brazos.

o estalagmitas en las plantas de los pies.

y tu cabeza será una cometa.

y todo porque ese ser humano estará respirando cerca de ti.

sé que es raro de cojones,

pero también es superbonito.

y es tuyo.

eso que experimentas es solo tuyo.

y te lo van a querer quitar

contándote el cuento al revés.

revés al cuento el contándote.

para estafarte.

cogiendo eso que tú sientes y sacándole brillo.

amor romántico, lo llamarán.

le pondrán un día para celebrarlo.

te dirán qué deberías hacer si el amor llega.

cómo comportarte.

qué decir.

y será un terrible error

para ti.

que lo único que hacías era sujetar tu cabeza.

como una cometa.

el amor es un sitio.

como ese horizonte

que siempre está un poco más lejos,

un poco más arriba,

un poquito más a la izquierda

de donde estás tú

intentando alcanzarlo.

90°00' N
00°00' O

el amor es un espejismo.

un motor.

una excusa

para levantarte.

el amor es sombra

que necesita de alguien que lo ilumine.

el amor es misterio

que no quiere ser resuelto.

el amor es un sitio,

pero no está allí.

ni en el polo norte, ni en el polo sur, ni en parís.

está aquí.

en el interior.

entre dos de tus vértebras.

esperando.

a ser acariciado.

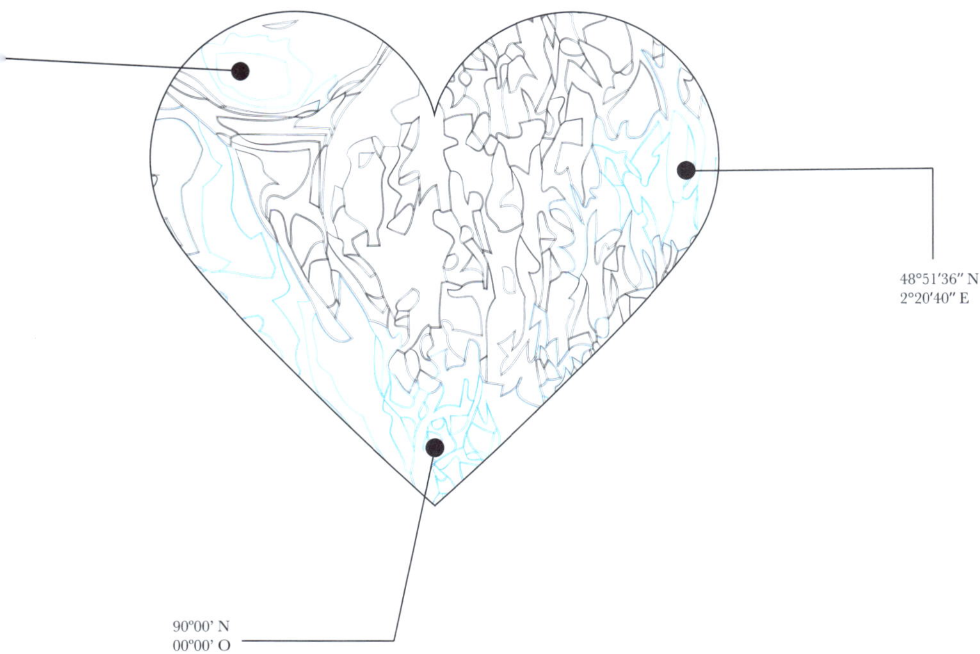

tal vez un día te prometan la luna.

igual no con esa misma palabra,

pero será la luna.

y lo harán como en una canción hortera,

usándola sin ninguna justificación

solo porque rima.

pobre luna,

siempre utilizada como excusa.

hasta aquí hay un pareado.

pobre luna,

comprometida

por la voluntad de un solo ser humano.

hazte un favor.

si te prometen la luna

no te lo creas mucho.

porque si la luna se esfumara

porque un ser humano se la pidiera

los océanos serían lagos quietos.

algunos lugares permanecerían en tinieblas

y en otros el sol abrasaría.

tan solo se podría vivir en el medio.

todo lo demás estaría helando

o ardiendo.

y mientras

vientos huracanados

arrancarían zanahorias

y lazos rojos de las cabezas.

las lechuzas chocarían contra los trenes

y no habría faros para tanta oscuridad.

eso es lo que nos pasaría

si alguien

alguna vez

en nombre del amor

le da por intentar hacer

aquello

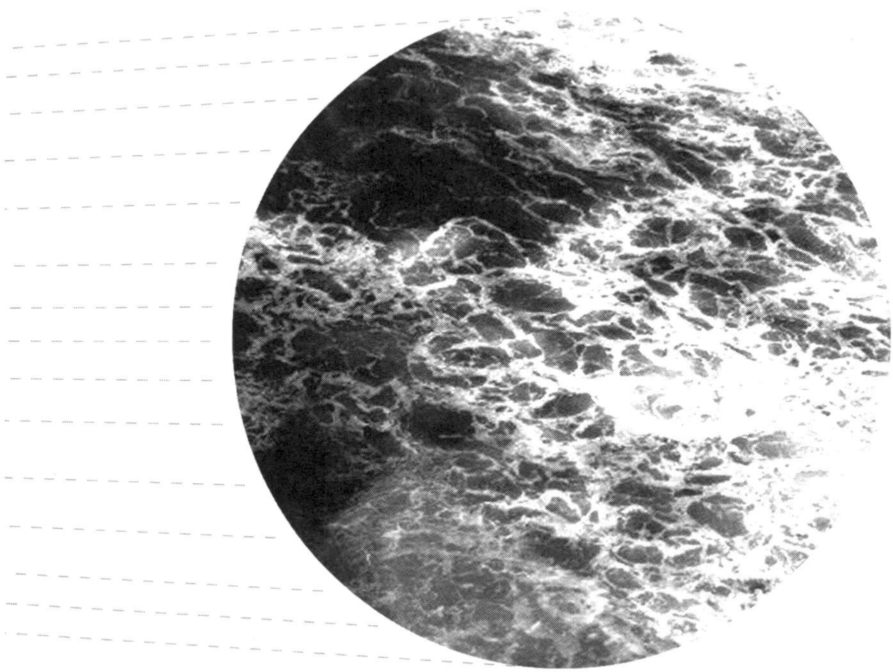

que no puede cumplir.

puede que tú no le gustes a ese otro ser humano.

te diría que no te merece.

que bla, bla, bla, bla, bla.

bla, bla, bla, bla. ¿bla blablablá? ¡**blablablá** bla!

y no te servirá de nada.

porque te va a doler

mucho.

muchísimo.

y sentirás estalactitas en el estómago

o estalagmitas en la garganta.

y tu cabeza será plomo.

y todo porque ese ser humano no quiere respirar en el mismo lugar que tú.

sé que es duro de cojones.

y también superfeo.

yo solo te puedo decir una cosa.

que no le gustes no tiene nada que ver contigo.

tiene que ver con ese otro ser humano

y con su sentimiento.

que es libre e íntimo.

tienes que seguir intentándolo.

habrá alguien,

de pronto,

que querrá

y tú querrás.

mientras dure.

y si ha durado.

cuando el amor se acaba

todo molesta.

un mantel sin recoger

y el aliento.

cuando el amor se acaba

todo hiere.

un *ok*.

y el silencio.

cuando el amor se acaba

parece que todo se acaba.

the end.

pero no es así.

tú continúas.

aunque te despiertes

y te duermas

con su cara en la palma

de tus manos.

llegará un momento

en que vuelvas a ver tus líneas.

en que vuelvas a ser tú.

y en ese momento te darás cuenta

de que el amor se quedó contigo.

y te hizo mejor.

pasará el tiempo, poco o mucho.

y estaría bien que algo de aquello volviera.

distinto pero igual.

estaría bien que los seres humanos
que un día te cuidaron,
que te abrazaron de noche,
que se sabían el nombre de tu primera mascota,
que lloraron a la vez que tú,
siguieran en tu vida.

porque esto es como un río rápido

y ramas

hay muy poquitas.

y si fuiste capaz de amar,
ganaste.

vale, igual no fue para siempre.

pero es que siempre es todo el tiempo.

y todo el tiempo

es lo único que tienes para ti.

ahora te voy a dar la clave de la felicidad eterna.

archivo adjunto no disponible

este archivo adjunto pudo haber sido eliminado o no tienes permiso para verlo.

tampoco te flipes mucho.

porque la mayor parte de los seres humanos está formada por agua.

así que aquello que echas de menos es un acueducto.

el fondo del wáter.

una piscina.

además la mayoría del agua de este planeta vino en un cometa.

como transportada en el pico de un colibrí.

así que sí.

te colgaste de alguien extraterrestre.

ahora lo entiendes todo, ¿no?

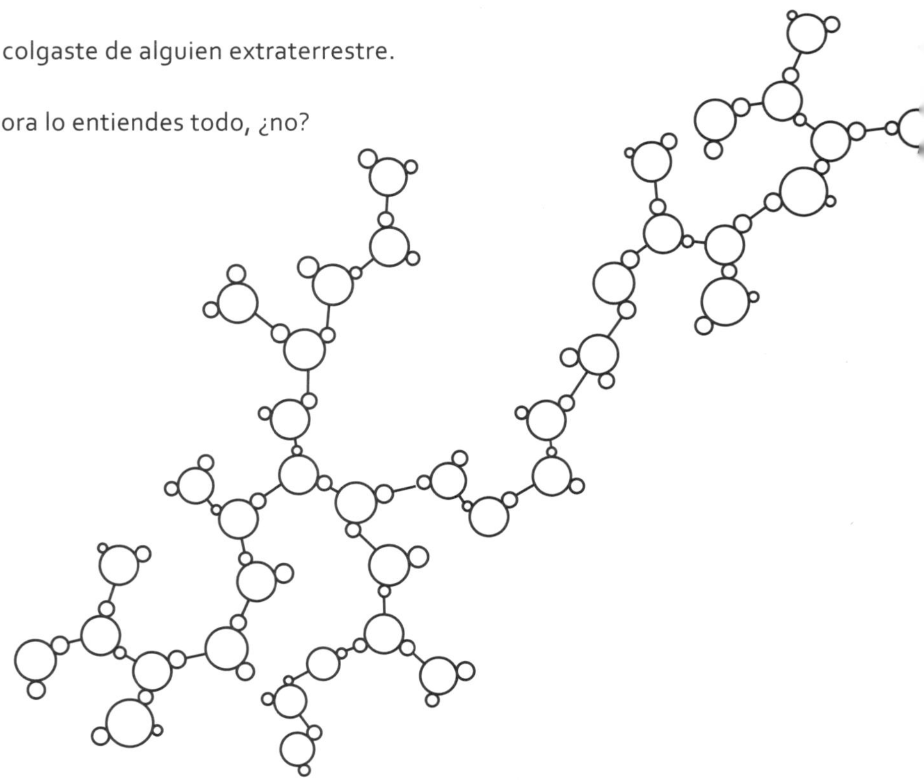

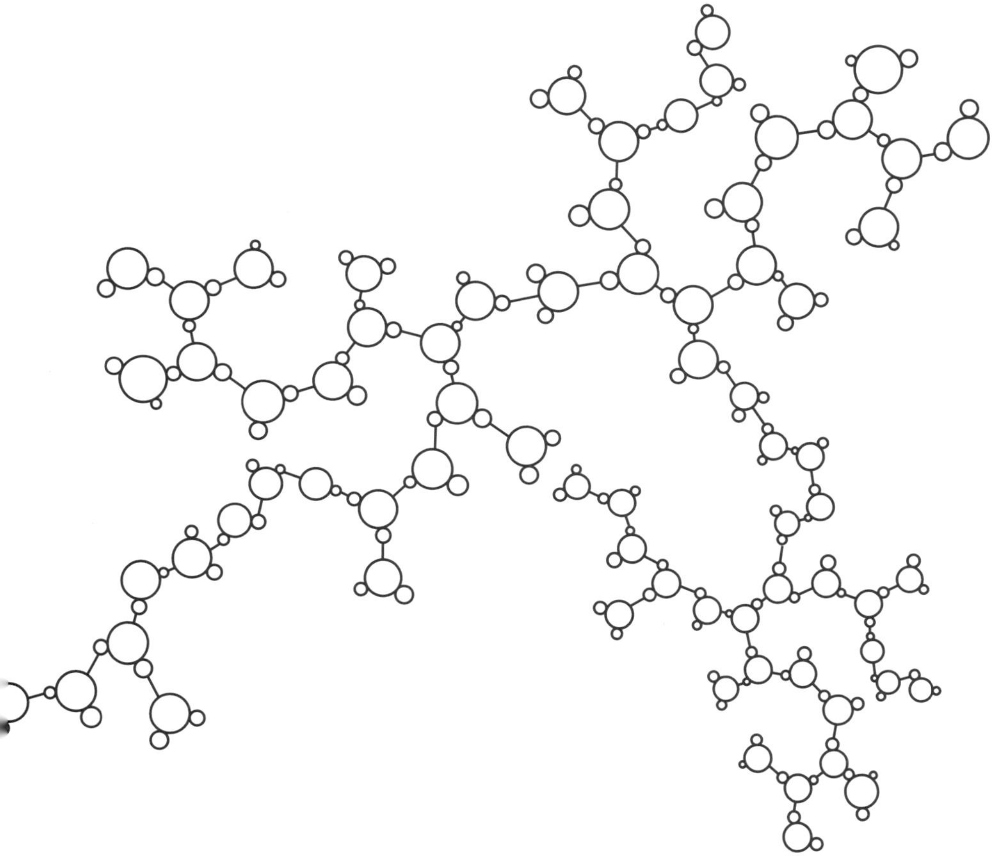

que todos los caminos

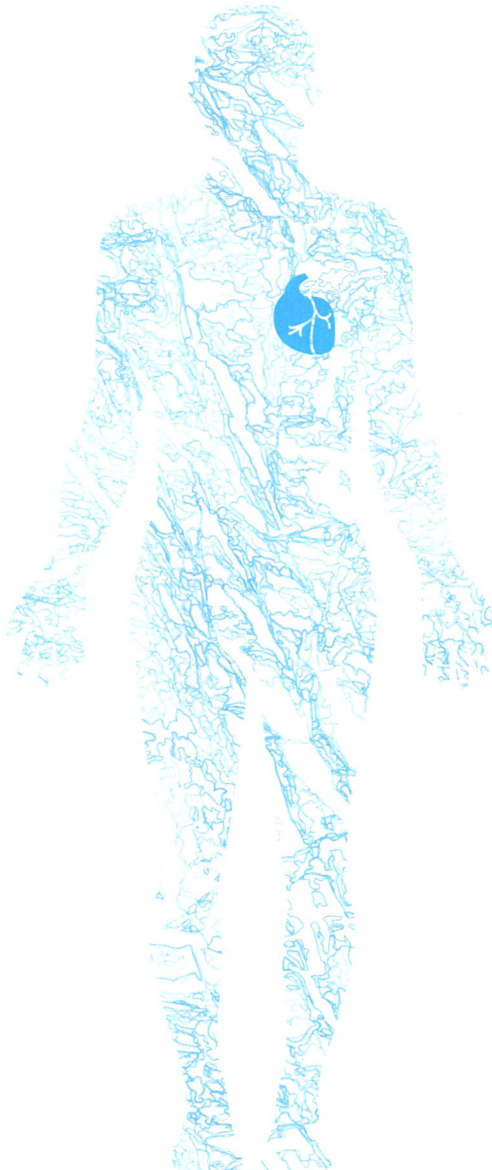

asfaltado
sin asfaltar
en proyecto

te lleven al amor.

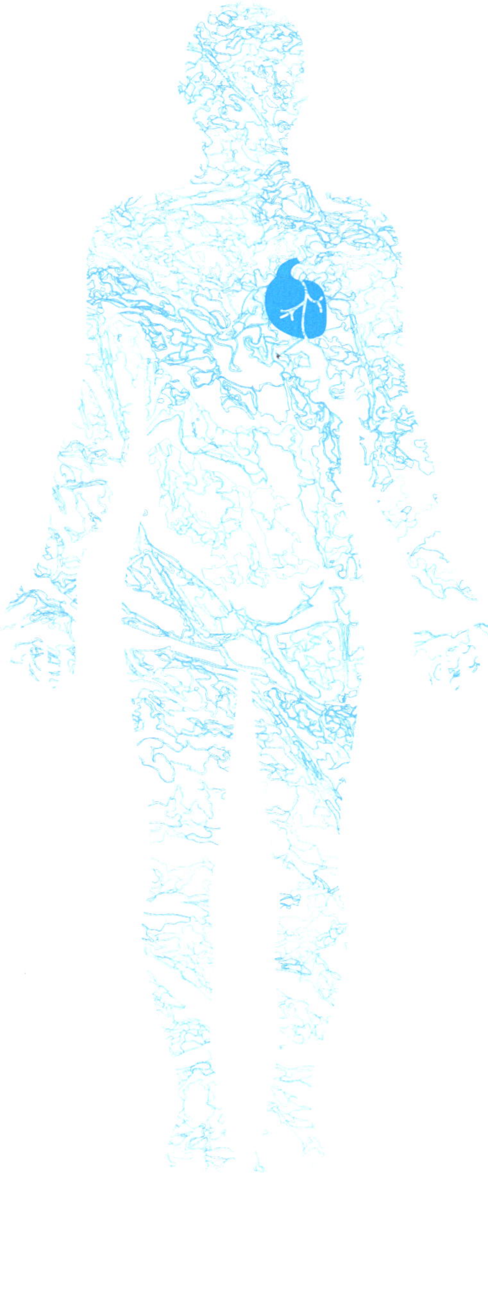

hay algo sobre lo que seguramente no te hablaron mucho.

igual mencionaron a las cigüeñas de pasada.

tal vez unas abejas que hacían algo con las flores.

o en el peor de los casos, nada.

y así es como llegamos por primera vez a la **intimidad.**

con otro ser humano.

sin hacer ruido alguno.

porque el tabú pasa por silenciar aquello que es natural,

pero que nos provoca reparo.

pasa con el sufrimiento

o con el sexo.

y en ambos casos

es cuando más vulnerables nos encontramos.

cuando estamos **tristes**.

o cuando abrimos la piel.

pero no nos acostumbran a hablar de eso.

«los chicos no lloran».

«las chicas lloran cuando nadie las ve».

«el sexo se hace, pero no se dice».

y nadie nos dio instrucciones.

así que nos encontramos en la más estricta soledad

padeciendo y poniendo buena cara

o temblando en una cama con otro aliento cerca. **cerca.**

te digo que el dolor es inevitable,

pero que el sufrimiento se elige.

igual que eliges acostarte, o no, con otro ser humano.

si algo te duele es que te importa.

si algo te importa es que quieres seguir con vida.

el sexo nos hace sentir con vida.

hay algo muy mágico en desnudarse.

en abrazar a otro ser humano.

en compartir. **compartir.**

en mostrarle tu placer.

en cederle el paso.

en entregarte.

en estar a solas

con alguien.

en **perderte.**

en abandonar tu cuerpo

entre luciérnagas y arrecifes.

y regresar de un viaje.

aferrándote a un trozo de cuerpo que no es el tuyo

para salir de un charco.

el sexo tiene la importancia que tú le quieras **dar.**

y no todos los seres humanos se lo toman de la misma manera.

lo que sí es seguro es que es imposible

que haya alguien como tú.

y tienes una importancia.

la que tú creas que tienes.

piensa que mereces la compañía.

mereces la ternura.

mereces la pasión.

mereces la sensibilidad.

mereces no hacerte daño.

ni que te lo hagan.

yo no puedo decirte qué hacer.

solo te pediría que hablaras, siempre

de lo que necesitas.

necesitas.

de lo que te preocupa.

por muy extraño que te parezca.

puede no apetecerte y no pasa nada.

solo te pediría que llores cuando te
duela algo.

sin miedo a parecer débil.

eso es lo que yo aprendí para mí.

que a mí me importa la vida de una
manera

y por eso yo no puedo darme a todo el
mundo.

solo a aquellos seres humanos

que aunque sea por una noche

me vayan a hacer fuego artificial.

solo a aquellos seres humanos con algo **para mí.**

que huelan las páginas de un libro en una librería.

que llamen a su sobrino por su nombre al acabar una frase.

que me hablen de los atardeceres en laponia

o de la formación de las rocas volcánicas.

y que cuando acabemos

pueda darle las gracias

por hacerme sentir **mejor**.

sin vacío alguno.

que a mí me importa la vida de una manera.

y por eso me muestro vulnerable.

pero esa es mi elección.

espero que tu elección sea buena y bonita **para ti.**

porque lo único que quiero es que te sientas especial.

1. hay un amor que es solo tuyo.

2. y es el amor propio.

3. a algunos seres humanos les molesta que lo tengas.

4. y por eso te gritarán desde sitios que eres egoísta.

5. simplemente porque te quieres.

6. sí, es complicado entender que eso pueda molestar.

7. así que si tienes la estima alta.

8. te dirán que eres narcisista.

9. o que no eres humilde.

11. bah.

10. ¿sabes qué?

11. lo mejor es esconder el amor propio.

12. y olvidar dónde lo dejaste.

13. saber que lo tienes.

14. pero que no puedas ir a buscarlo para dárselo a nadie.

15. porque si ahorras el amor propio.

16. y lo tienes como en una hucha de esas de metal.

con forma de cerdo.
puedes forzarla.
en un acto de desesperación.
y entregarlo.
para que alguien te demuestre más cariño.
toma.
pero si das tu amor propio.
se lo zamparán y luego querrán más.
porque el amor propio ajeno está muy rico.
y entonces tú no tendrás nada.
¿sabes cómo se esconde el amor propio del alcance del resto?
aprendiendo a decir que no.
cuando quieres decir que no.

no.

y tu amor propio,
resplandece.

defínete de la manera más breve posible

creo que soy una persona que tiene bien algo cosas algunas unas virtudes para con los de

udes para con los demás y un grandísimo corazón lleno de amor para dar y todos los que los demás quieran [illegible]

[illegible]

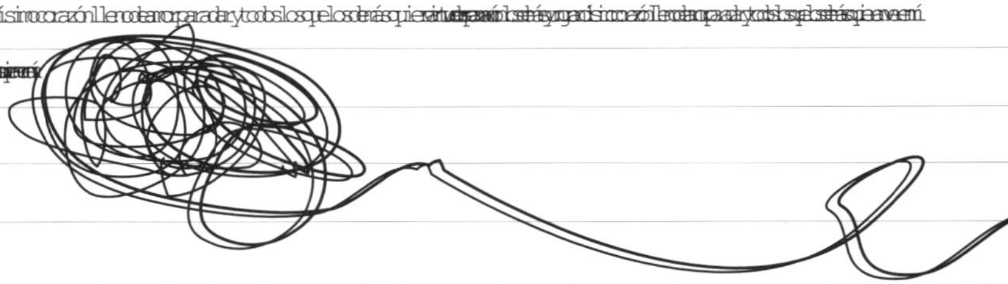

no lo sé.

se van a poner muy pesados con tu personalidad.

que si eres así

o *asá*.

te van a querer llenar de rasgos.

y puede que tengas un cacao tremendo.

porque por un lado estará lo que tú piensas que eres.

por otro lo que el resto de seres humanos piensan que eres.

y para rematar lo que realmente eres.

lo ideal es que todos los lados coincidieran.

porque si no lo hacen

tendrás un conflicto.

e intentarás demostrar quién eres todo el rato.

y eso es agotador.

te deja sin energía para ser.

porque pierdes mucho tiempo eligiendo una máscara.

y al final da igual cómo seas.

lo fundamental aquí

es que intentes no herir

a nada ni a nadie.

y el resto

ya viene rodado.

este planeta estuvo habitado antes.

100 billones de seres humanos pisaron caminos y ocuparon metros

antes de que tú lo hicieras.

algunos

incluso nos mostraron cómo se sentían aquí.

en una nota.

en un libro.

en un trazo.

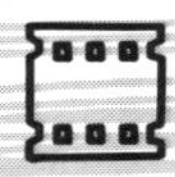

en un fotograma.

seres humanos que necesitaron trascender.

hacer algo con el tiempo que les había sido dado.

que abandonaron este planeta y sus cuerpos.

salieron despedidos detrás del pensamiento

dejando

una frase que subrayas porque habla de ti.

un suspiro cuando acaba la canción.

una emoción al contemplar el jardín en el cuadro.

un chasquido por dentro cuando la protagonista se gira.

todo eso que ellos hicieron

sigue habitándonos

de manera invisible.

hay hilos.

billones.

que van de la yema del dedo gordo a la comisura

y de la comisura al lóbulo

y del lóbulo a la pata de gallo.

hay hilos

que empiezan a balancearse como elefantes en una tela de araña

en el momento en que tú empiezas a hablar

de cómo es que te sientes aquí.

aquí no soy yo el único que escribe.

tú también lo haces.

te estás contando una **historia** todo el rato.

lo que pasa es que tienes una gran excusa.

yo no sé.

lo que pasa es que otros seres humanos quieren que no sepas.

es peligroso que te expreses.

no, no lo es.

es necesario.

nadie puede ser tú.

alguien podría tener este libro en este instante

abierto por la misma página.

leyendo esta misma línea ahora mismo

y esta también.

pero no sería igual.

y es en ese no ser igual

donde radica tu fuerza.

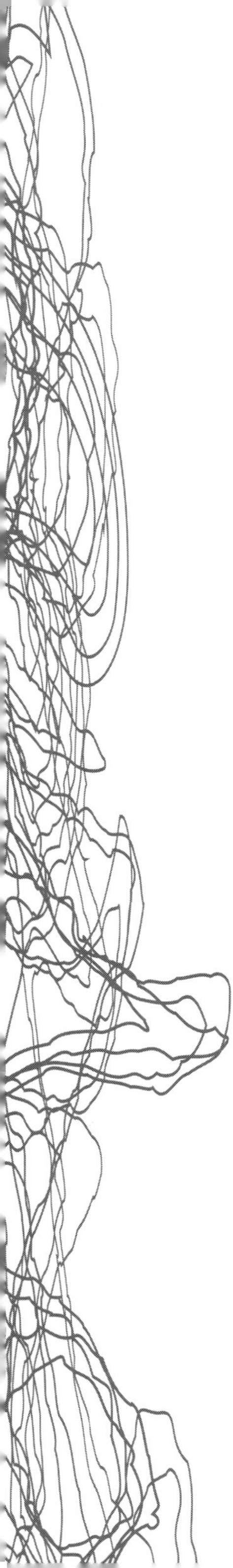

todo lo que te ha pasado

es como una enredadera

cuyos extremos florecen.

pueden trasplantarte,

pero seguirías siendo la misma planta

en la misma tierra.

la historia que te estás contando ahora

solo tú la puedes contar de esa manera.

para quererte

necesito comprenderte.

así que escribe.

dibuja.

échale canela a las berenjenas a ver qué pasa.

canta.

exagera un poco lo que te ha pasado para hacer reír.

haz un discurso para cuando ganes un oscar.

graba eso de una vez.

baila como si recibieras golpes de viento.

no querían que conocieras la creatividad

porque los seres humanos creativos son más libres.

puedes ser más libre.

puedes.

crear.

y si alguna vez dudas de ti
usa este proverbio jasídico
para preguntarte:

SI NO ES
AQUÍ
¿DÓNDE?

SI NO ES AHORA ¿CUÁNDO?

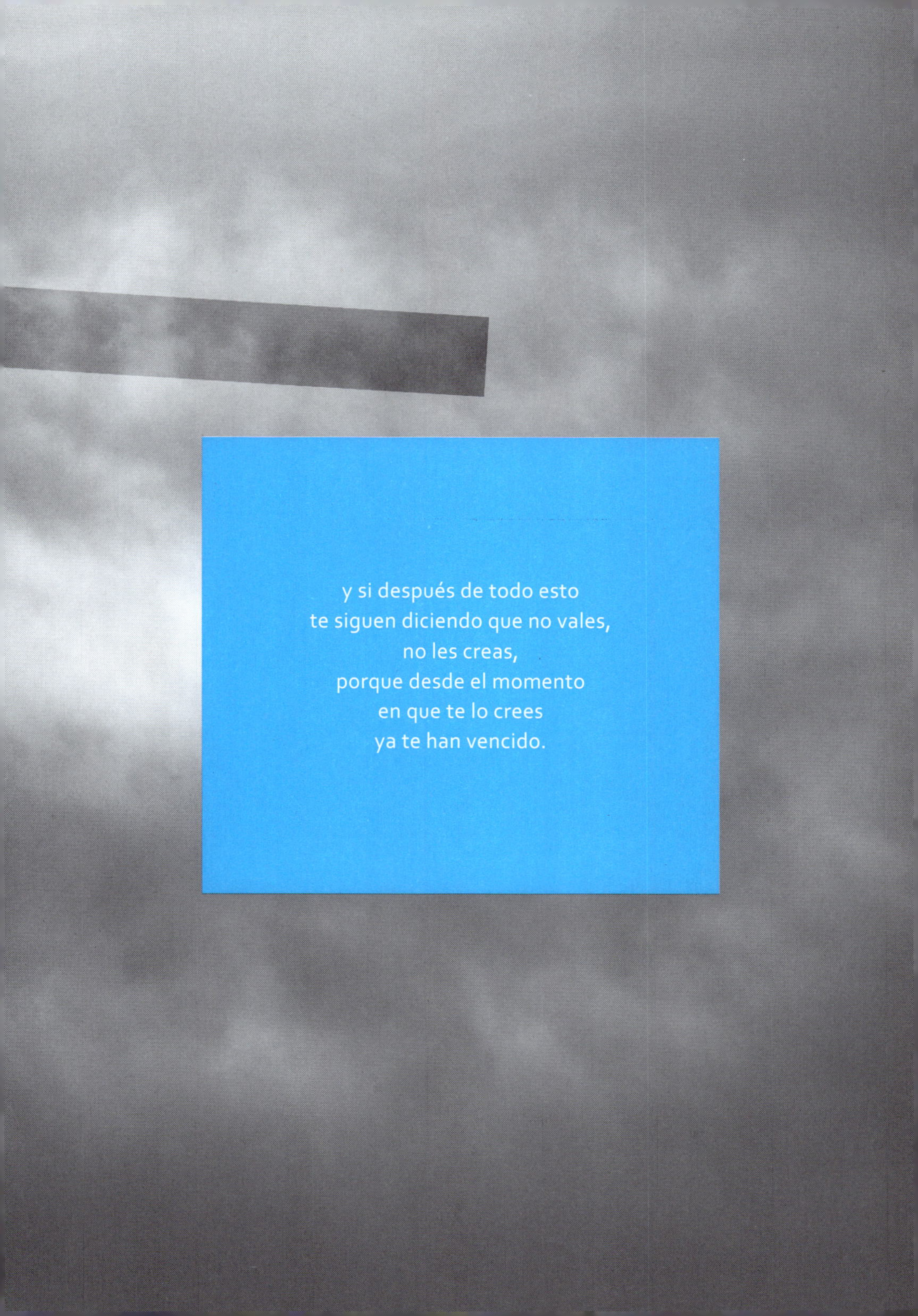

y si después de todo esto
te siguen diciendo que no vales,
no les creas,
porque desde el momento
en que te lo crees
ya te han vencido.

a ver.

a la vida se la pelas.

tiene siete mil millones de clientes como tú.

es a ti a quien no debería pelársela la vida.

porque solo tienes una.

te acabo de decir que a la vida se la pelabas.

igual me pasé un poco.

«cordela».

no quería ser tan brusco.

pero sí que hay algo innegable.

y es que al universo se la **pelas**

a un nivel interplanetario.

porque al universo le da igual lo que tú hagas.

si decides dedicarte a la medicina

u hornear panes.

porque al universo le da igual lo que te suceda.

si te rompes el fémur

o te toca la lotería.

porque al universo le da igual lo que te guste.

picasso.

o britney spears.

¿de verdad crees que el universo te va a exigir algo?

no.

el universo no le pide al cañón del colorado nada.

el cañón, **está.**

el universo no le pide al gusano de seda nada.

el gusano de seda, **está.**

el universo no le pide al oro nada.

el oro, **está.**

y tampoco te pide nada a ti.

tú,

estás.

y solo has de seguir estando.

tan simple

y tan complicado a la vez.

lo que algunos seres humanos

le hicieron a otros seres humanos.

no me gusta nada esta parte

porque no la entiendo

y no puedo explicar algo que no entiendo.

pero no puedes saltártela.

si quieres tápate los ojos
y mira por la rendijas
que dejan tus manos.
yo te aviso cuando puedas quitarlas.

hay seres humanos que le hacen la existencia imposible a otros seres humanos.

cuando lo único que tenemos es la existencia.

hay seres humanos que insultan a otros seres humanos,
en un patio de colegio.

porque ocupan más espacio en el mundo,
porque llevan gafas,
porque tienen pluma,
mariposón,
marimacho.

hay seres humanos que, con sus insultos,
hacen que otros seres humanos se apenen tanto
que quieran desaparecer del planeta.

como si nunca hubieran existido.

hay seres humanos que pusieron grilletes a otros seres humanos,
porque el color de su piel era negro.

dijeron que no tenían alma.

les dieron latigazos y los ahorcaron.

hay seres humanos que proporcionaron descargas eléctricas a otros seres humanos,
porque amaron a seres con su mismo sexo.

los encarcelaron.

los fusilaron y los enterraron debajo de un olivo.

y ahora nadie sabe dónde están sus huesos.

hay seres humanos que le arrebataron la vida a golpes a otros seres humanos,
solo por ser mujeres.

en nombre del amor.

infectados por el virus del machismo.

hay seres humanos que metieron a otros seres humanos en una cámara de gas,
porque tenían otra religión.

les raparon las cabezas.

y los amontonaron como una duna
en un desierto.

para que se esfumaran con la brisa.

aquí

en este planeta,

hay seres humanos que acabaron con lo más bonito

que tenemos.

y es la remota posibilidad

de sobrevivir.

W6

confirma que eres humano

introduzca el texto

re captcha

8HP

ya puedes destaparte los ojos.

lo que algunos seres humanos

hicieron por otros seres humanos.

sin embargo,

hay seres humanos que fueron buenos para el mundo.

un ser humano acabó con el sufrimiento de otro ser humano.

un ser humano se casó con su novia a la que se le había quemado todo el cuerpo.

un ser humano negro fue a la cárcel veintisiete años por defender la libertad.

un ser humano escondió a otros seres humanos que huían de la guerra.

un ser humano hizo una ley para que los seres humanos de su mismo sexo pudieran casarse.

un ser humano inventó un ordenador que salvó miles de vidas.

un ser humano levantó su mano para frenar una manifestación nazi.

un ser humano pasó hambre para que otros seres humanos pudieran comer.

un ser humano feminista consiguió el sufragio universal.

un ser humano saltó a una plaza para abrazar a un toro.

un ser humano paralizado escribió un libro con el pestañeo de su ojo izquierdo.

usó para ello 200.000 parpadeos.

letra a letra.

palabra a palabra.

fue lo último que hizo aquí.

en este planeta.

dejar una antorcha

que te acompañara en tu soledad.

lo que algunos seres humanos

le hicieron al mundo.

tampoco es que nos hayamos lucido.

los seres humanos destripamos la tierra.

lanzamos gases como globos en una fiesta de cumpleaños.

manchamos los mares de crudo.

tiramos misiles y bombas.

vomitamos basura.

vertemos residuos.

celebrando la destrucción.

como si este espacio fuera infinito.

cuando no lo es.

y

de

resto

al

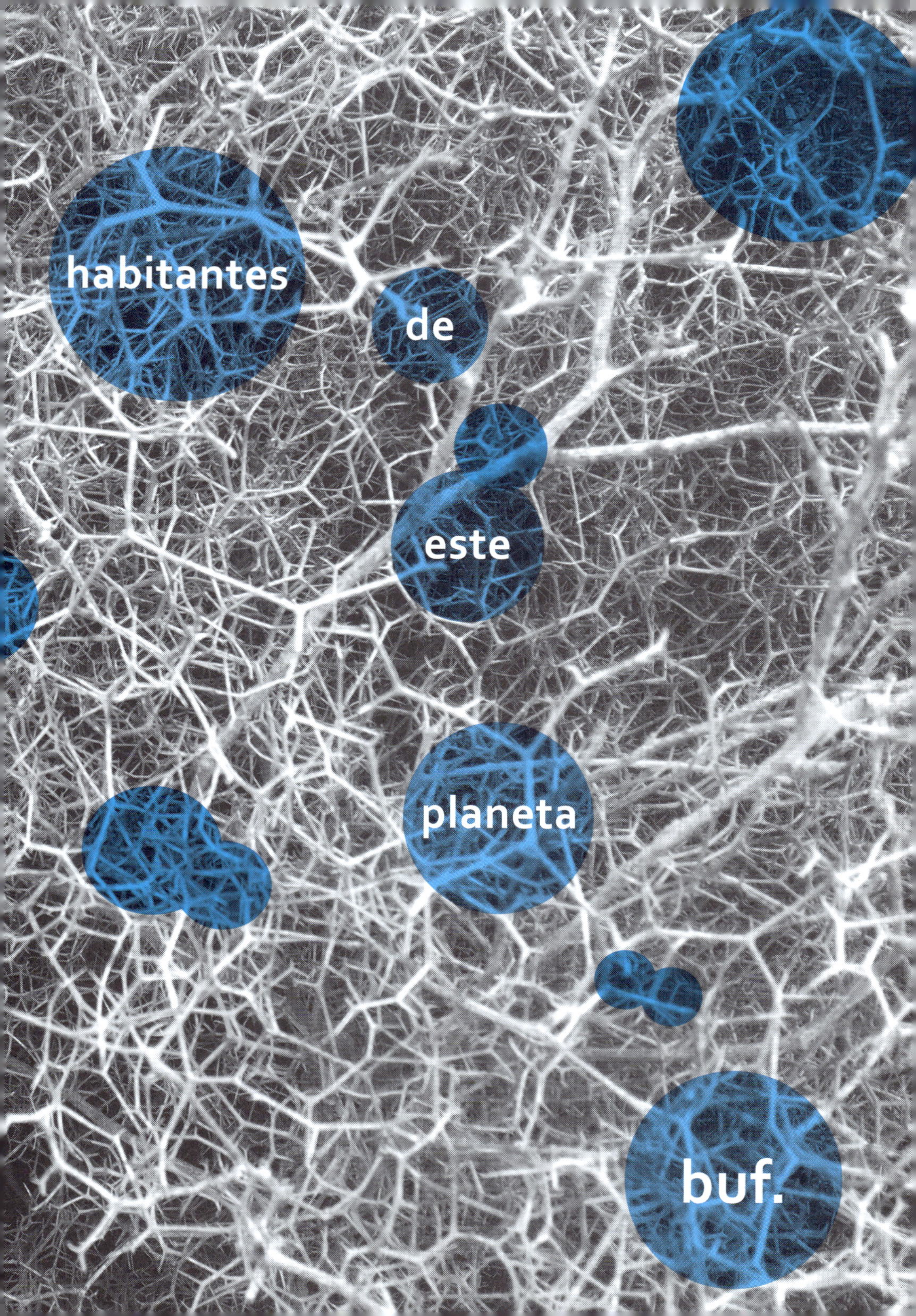
habitantes
de
este
planeta
buf.

los seres humanos tienen tradiciones.

la tradición es una costumbre que pasa de generación en generación.

si la costumbre es que corras delante de un toro

o que le claves objetos punzantes.

¡ q u é   a r t e !

si la costumbre es una vaca arrastrando una carreta

o un caballo asfixiado en una feria.

¡ q u é   d i v e r t i d o !

si la costumbre es esperar hasta que se le parta el cuello a la gallina.

tirar la cabra del campanario.

si la costumbre es ir de caza.

sentirte bien disparando a un ser vivo.

si la costumbre es llevar a tus hijos al circo.

¡ m i r a ,   e l   t i g r e !

o al zoo.

¡ m i r a ,   l a   j i r a f a !

o al oceanográfico.

¡ m i r a , l a f o c a !

y hacerte una foto.

si la costumbre es comprar perros en tiendas de animales

y abandonar galgos en las cunetas.

si la costumbre es una hamburguesa doble

con triple de bacon.

¡ q u é r i c o !

entonces los seres humanos estamos muy mal acostumbrados.

porque somos capaces de convertir el dolor en una rutina.

¡ a u !

por simple placer.

transmitiendo la idea de que el sufrimiento está justificado.

y eso nos convierte en una generación muy cutre.

una generación que se permite disfrutar a costa de otros habitantes del planeta tierra.

¿ t ú n u n c a m i r a s a l o s o j o s a l o s a n i m a l e s ?

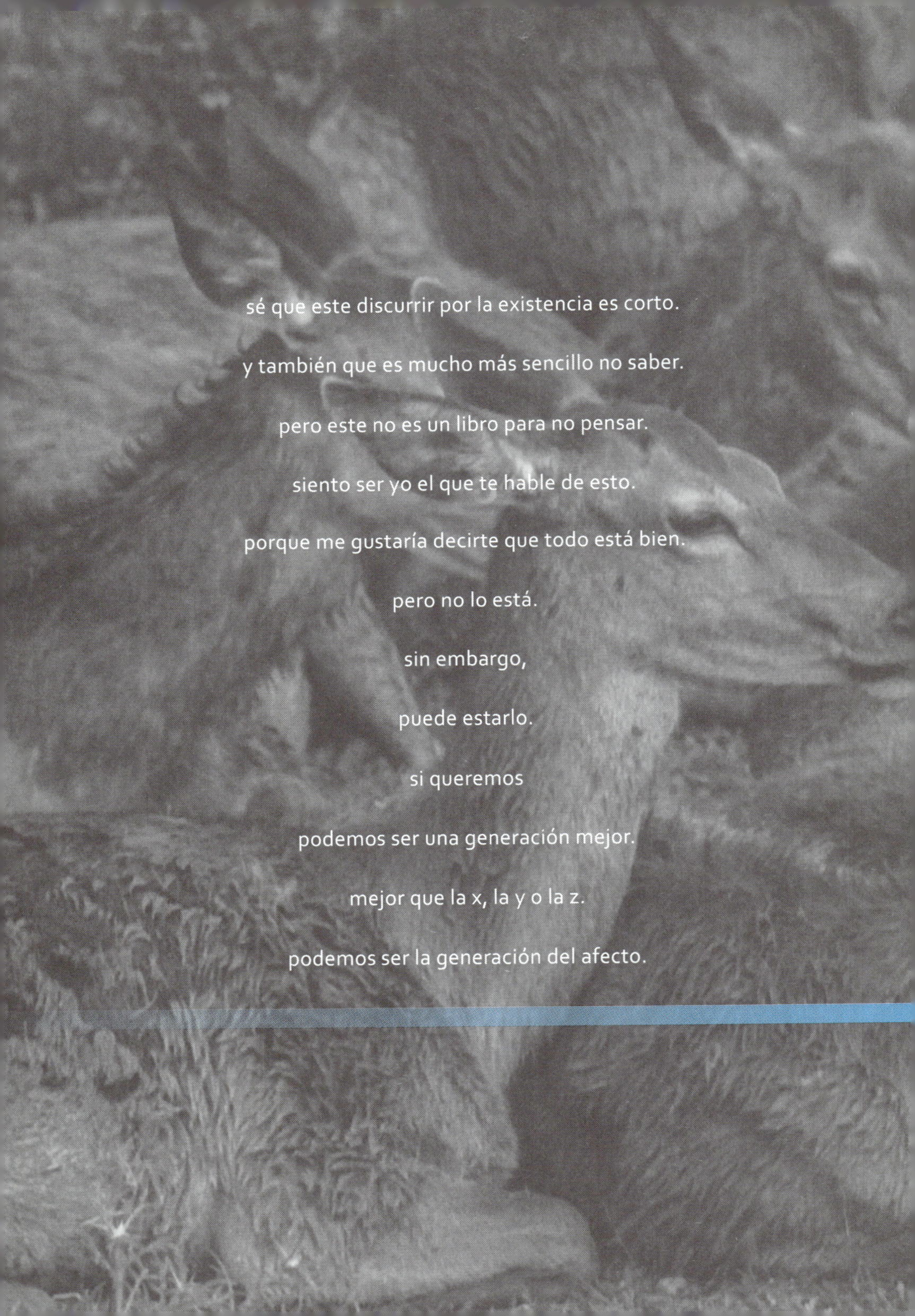

sé que este discurrir por la existencia es corto.

y también que es mucho más sencillo no saber.

pero este no es un libro para no pensar.

siento ser yo el que te hable de esto.

porque me gustaría decirte que todo está bien.

pero no lo está.

sin embargo,

puede estarlo.

si queremos

podemos ser una generación mejor.

mejor que la x, la y o la z.

podemos ser la generación del afecto.

aquella que empezó a devolver a los animales

toda la dignidad que un día les fue arrebatada.

lo que no sabemos, todavía, que existe.

cada año se descubren nuevas especies.

nuevas ranas,

hormigas,

escarabajos,

arañas, babosas, plantas y virus.

estaban aquí, con nosotros, pero invisibles a nuestro intelecto.

a nuestro registro.

no nos va a dar tiempo de descubrirlo todo.

y menos mal.

porque no podemos aniquilar de manera consciente aquello que no sabemos que existe.

lo que el mundo hizo por

todos los seres humanos.

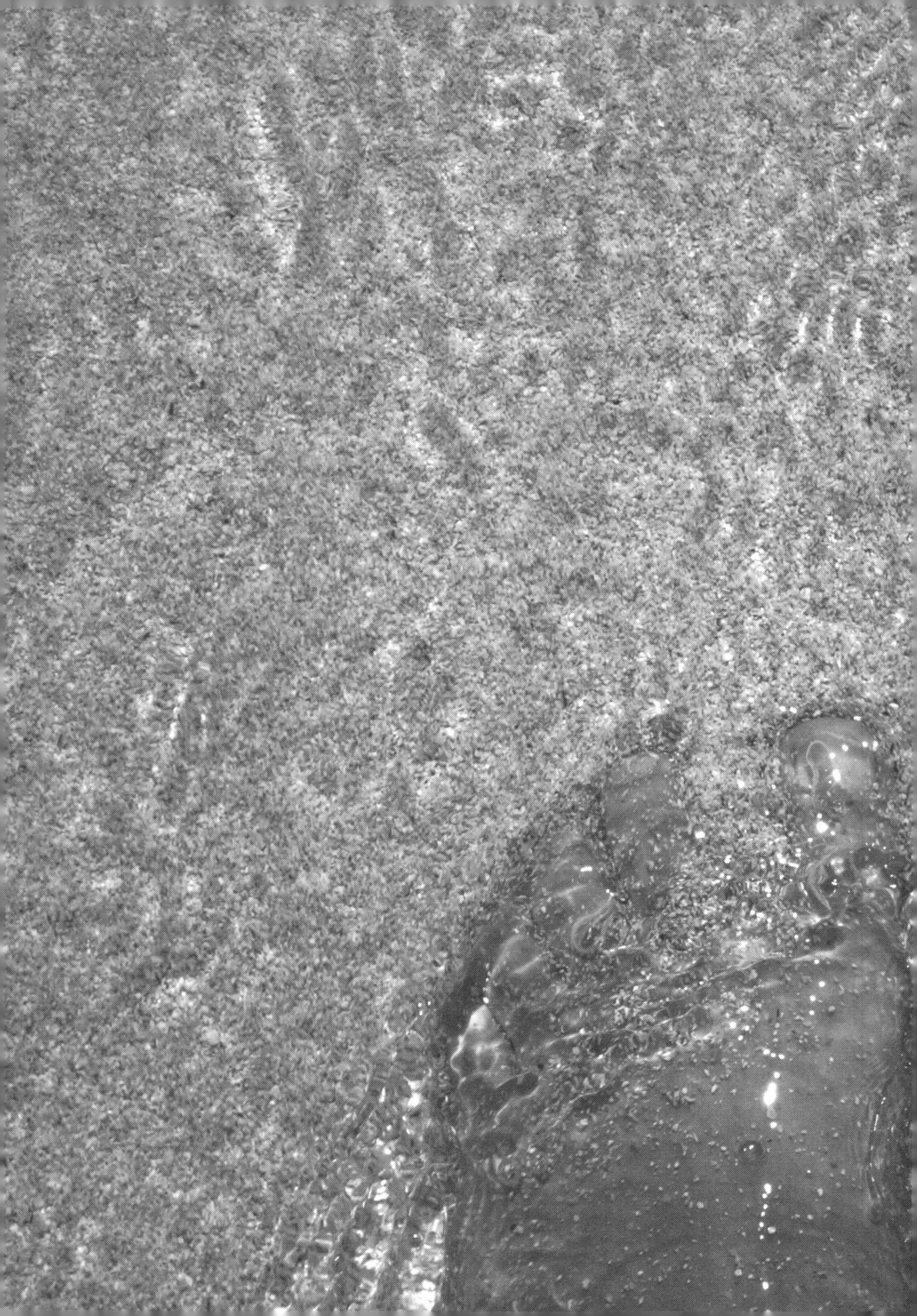

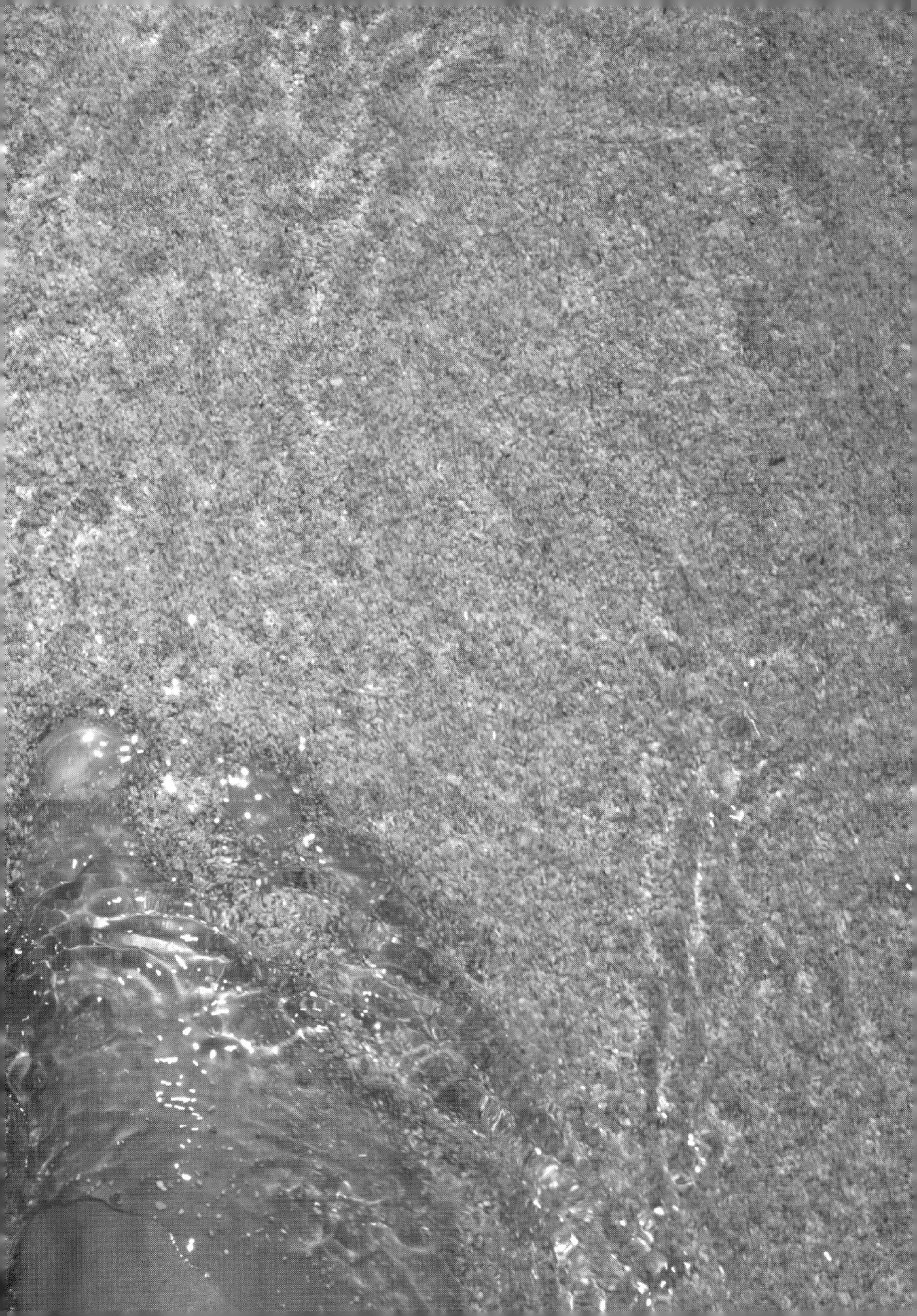

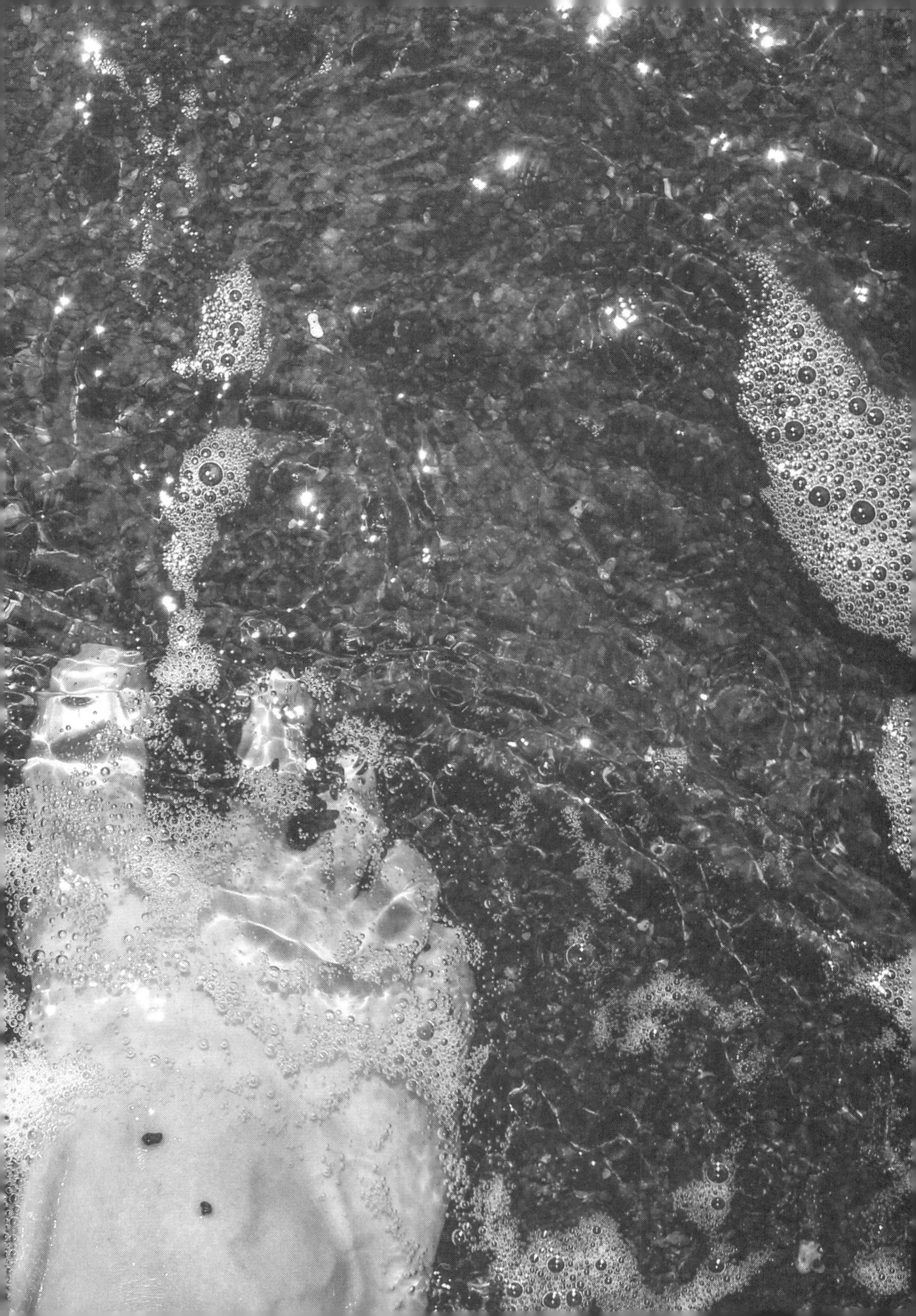

tú decides si eres refugio o tempestad.

si decides recordar

que todo somos lo mismo.

o no.

ahora viene el

que te prometí

para hacer algo distinto a **desaparecer**.

mi mami se llamaba 

nos dio a luz a mi hermana y a mí.

estos somos nosotros 
(yo soy el que no parece la «princesa leia»)

cuando cumplimos ,  nos dijo que nos íbamos a pasar un fin de semana a  de una amiga.

su amiga se llamaba  y tenía un  blanco muy peludo.

 y  dormían juntas en una cama de princesas.

y nos dejaban ir los domingos a su cama y chupar sus .

un día llegó un virus  que no era pasajero.

y  nos hacía la  y nos  y nos obligaba a 

y le daba muchos besitos a 

como ellas sabían porque era su pequeño 

 nos vio cumplir .

y antes de llegar a un lunes 

entonces la  al aire libre.

y hundieron sus cenizas en el 

 se dio un último baño en  con ella.

nos quedamos los tres.

 nos hizo una  con sus 

al lado de un barranco.

cuando cumplió 

 nos hicimos un tatuaje 

porque  se quería quedar y se fue.

y  que se pudo ir, se quedó.

no sé tú, pero yo
cuando hago este truco
me pongo a llorar.

y al parecer así se ven las lágrimas.

cuando lloras de pena, lloras una ciudad.

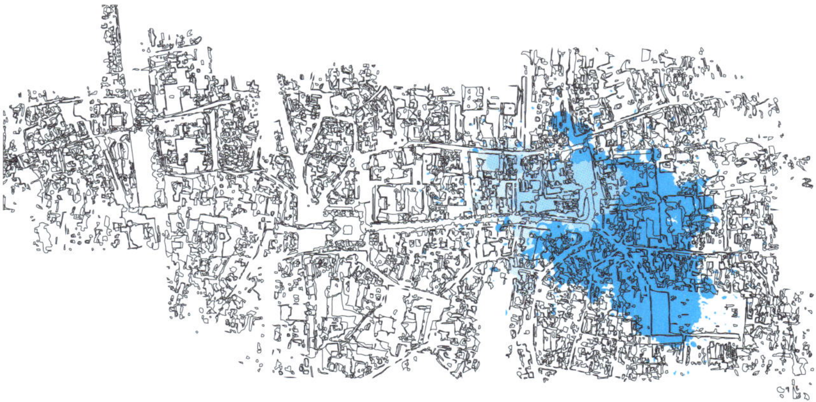

cuando lloras de alegría, lloras un árbol.

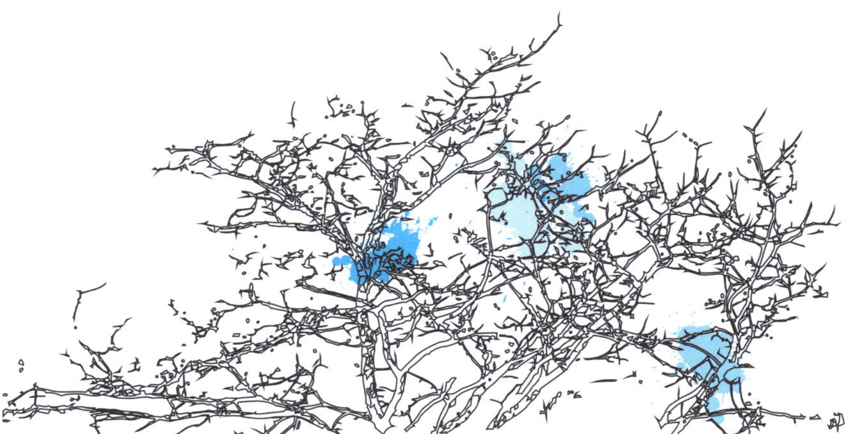

cuando lloras de rabia, lloras una hoja.

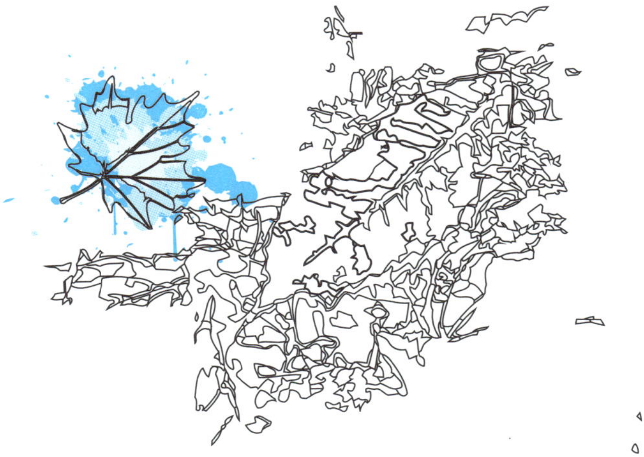

cuando lloras de tristeza, lloras gaviotas.

todo estaba ahí.
detrás de los ojos.
custodiando la emoción.
listo para salir al mundo.
ahora mira la mancha
y dime qué ves.
una ciudad,
con un árbol,
con una hoja que,
al caer,
imita el primer vuelo de una gaviota.

cuando cumpliste 15 años

tu cuerpo llevaba funcionando

180 meses. 783 semanas. 5.478 días. 131. 472 horas 7.888.320 minutos. 473.

28. 229. 230.

9.200 segundos. y continuó. 201. 202. 203. 204. 205. 206. 207. 208. 209. 210. 211. 212. 213. 214. 215. 216. 217. 218. 219. 220. 221. 222. 223. 224. 225. 226. 2

232. 233. 234. 235. 236. 237. 238. 239. 240. 241. 242. 243. 244. 245. 246. 247. 248. 249. 250. 251. 252. 253. 254. 255

256, pensaba en ese gran agujero negro que fue el instituto

y en los tres miedos que nos provocó.

miedo a nuestro físico.

con esas yincanas desde el pasillo hasta el pupitre.

y los jerséis atados a la cintura tapando los traseros.

miedo a nuestra identidad.

intentando parecer masculinos o femeninas.

que no se nos note algo distinto.

miedo a nuestra pobreza.

recortando marcas y cosiéndolas en la ropa.

con vergüenza por comprar libros ya forrados

que tenían un nombre que no era el tuyo: maría luisa 1º b.

miedo.

a tres cosas inevitables.

todo lo inevitable es profundamente hermoso

porque no puede suceder de otra manera.

sucedes.

miedo.

a que realmente supieran cómo éramos.

esforzándonos por ser como el resto.

no destacar.

para que nos quisieran.

después seguimos con la vida.

pero el miedo se nos quedó ya muy dentro.

ahí.

clavado.

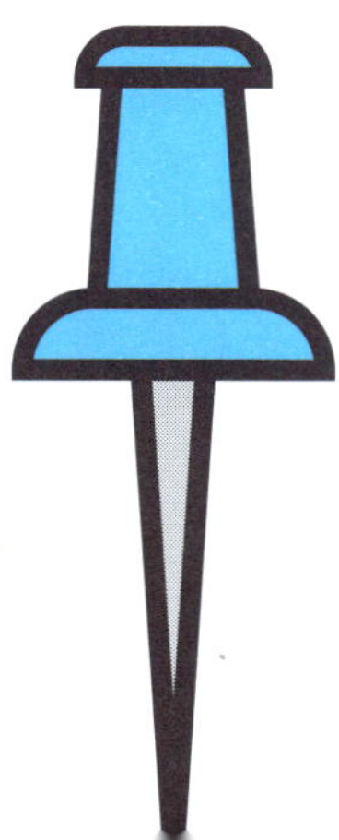

antes tenía miedo a que

ahora lo que

es que nadie

alguien descubriera cómo era.

me da miedo

nunca lo descubra.

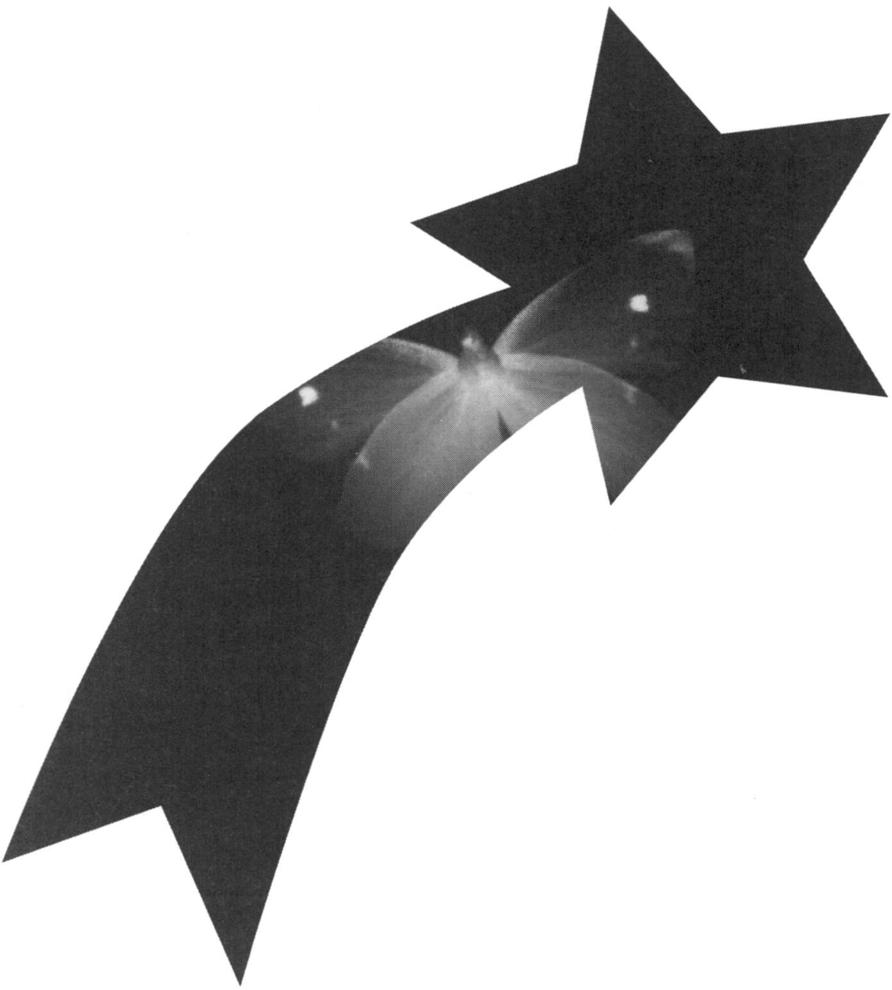

la adolescencia es una tribu.

un puente oscuro.

iluminado por fuegos artificiales.

la adolescencia es una habitación
de la que quieres escapar lo antes posible,
pero una vez estás fuera
solo piensas en regresar.

la adolescencia es un punto de fuga
hacia la incomprensión.

pero no es un tiempo raro.

no es extraño, ni ajeno.

aunque pronto pasemos página.

los seres humanos estuvimos ahí

y sabemos lo que te pasa.

no te preocupes.

todo saldrá bien.

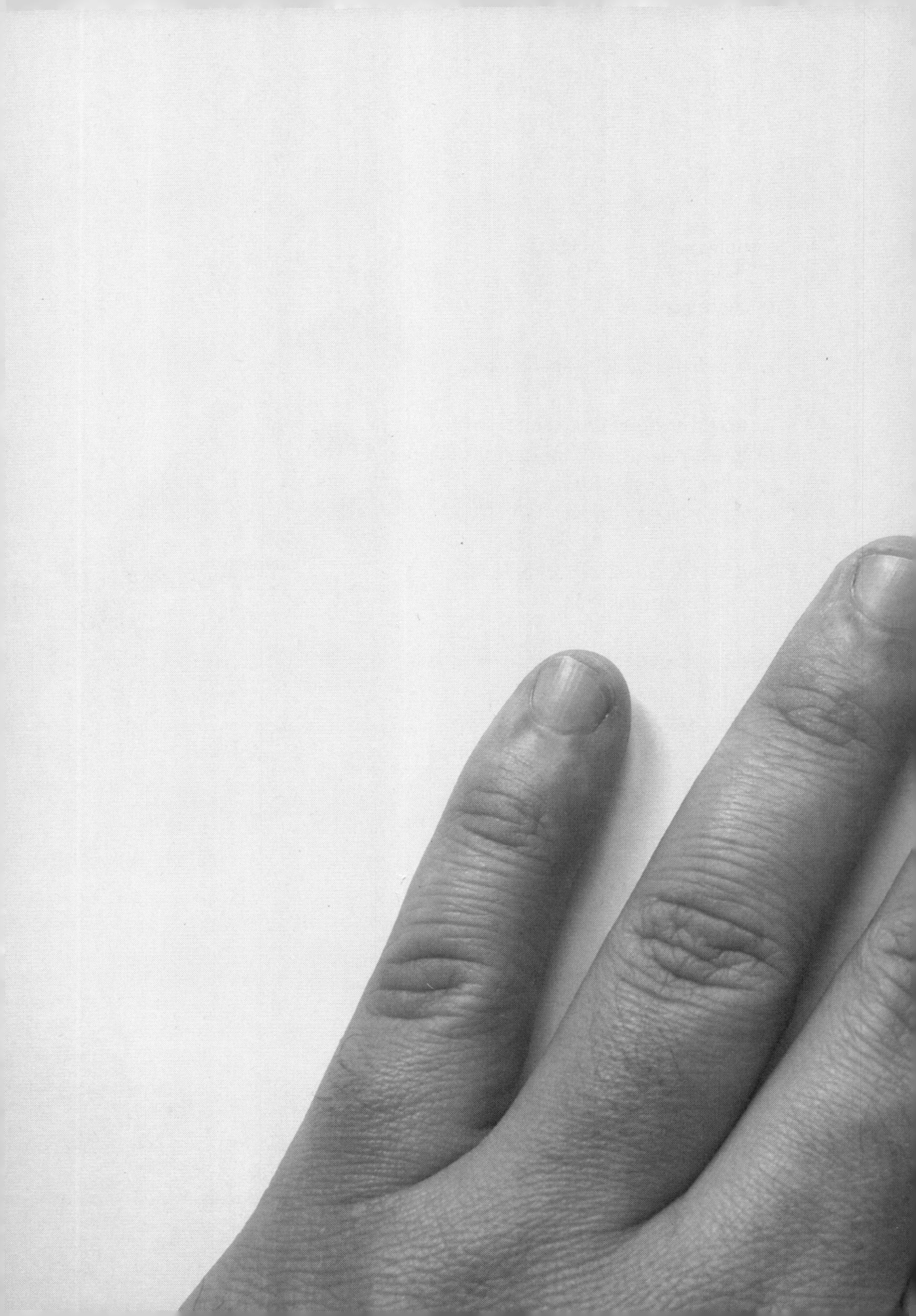

todo saldrá bien.

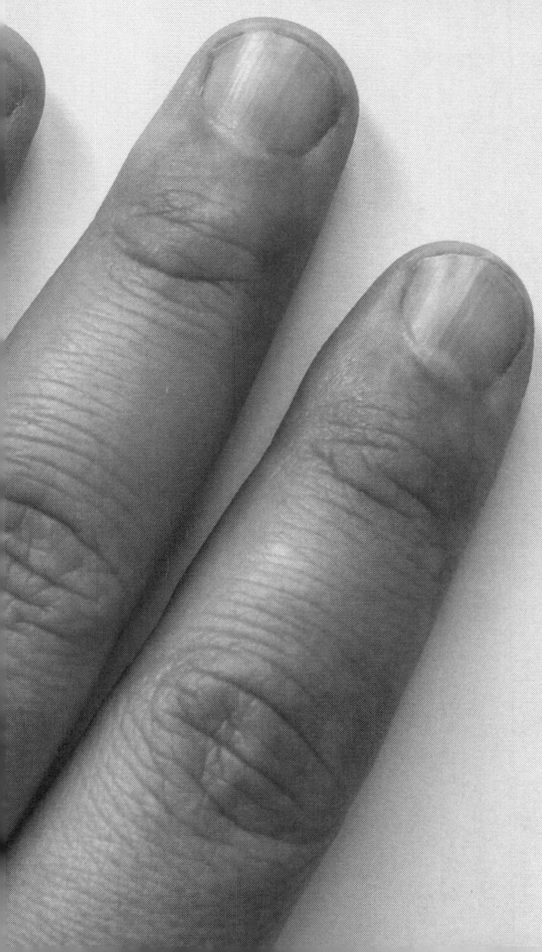

tus hijos no son tus hijos.

no te pertenecen

y no te deben nada.

tú los soñaste

y los trajiste.

están hechos de ti.

tus hijos no tienen que cumplir una expectativa.

no puedes decirles cómo han de vestirse,
con quién han de salir,
qué han de estudiar,
lo que deben opinar.

tus hijos son tan del mundo como tú.

no han de reproducir tu esquema.

no están domesticados.

y qué satisfacción
que sean valientes.

que luchen por lo que creen.

y qué tremendo
que la carne de tu carne

quiera.

y la quieran.

si eres feliz, hijo.

si eres feliz, hija.

yo

también soy feliz.

muac.

¿a qué distancia están tus hijos de ti?

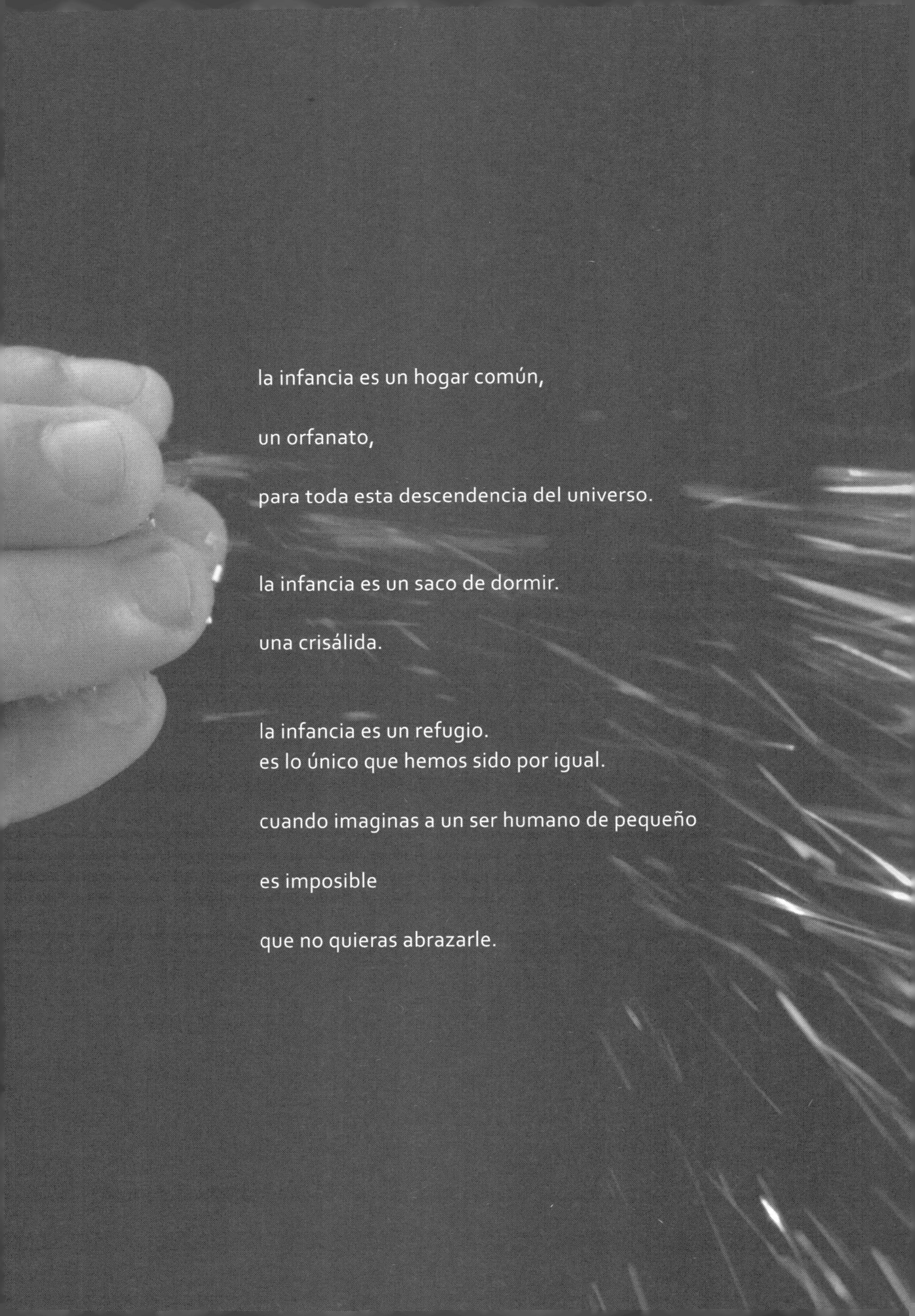

la infancia es un hogar común,

un orfanato,

para toda esta descendencia del universo.

la infancia es un saco de dormir.

una crisálida.

la infancia es un refugio.
es lo único que hemos sido por igual.

cuando imaginas a un ser humano de pequeño

es imposible

que no quieras abrazarle.

el principio.

los primeros años del universo fueron opacos.

aunque lo busques en internet

no hay información.

hoy puedes ir y teclear *caída del muro de berlín*

click.

y entonces el pasado regresa

como una sopa instantánea.

ahí están todas esas imágenes y frases históricas

que el resto dejaron

e hicieron

antes de marcharse.

hoy puedes ir y teclear *me duele el dedo gordo del pie*

click.

y entonces aparece la palabra cáncer.

ahí están todos esos temores y frases lapidarias

que te hacen confirmar

que la curiosidad mató al gato.

Hoy puedes ir y teclear *cómo hacer una tarta de tres chocolates*

click.

y entonces aparecen seres humanos

que hicieron la tarta primero para que tú pudieras hacerla después

con todos esos moldes y frases optimistas.

y luego, claro, tu tarta.

que te hace pensar que eres inútil

para la repostería

y para la vida.

pero el universo es distinto.

el universo es una gran mancha oscura

salpicada de luces.

en el que no hay muros.

ni arriba.

ni abajo.

en el que cáncer es una constelación.

en el que los moldes pierden su sentido.

el universo

es también todo eso que eres tú por dentro.

todo lo que no sabes de ti.

todo lo que tampoco está en internet.

click.

lo sentimos, no hay resultados para la búsqueda seleccionada.

porque en el universo no importan los resultados.

el universo, es.

lo busques o no lo busques.

es.

y tu principio, al que ya estamos casi llegando,

también fue opaco.

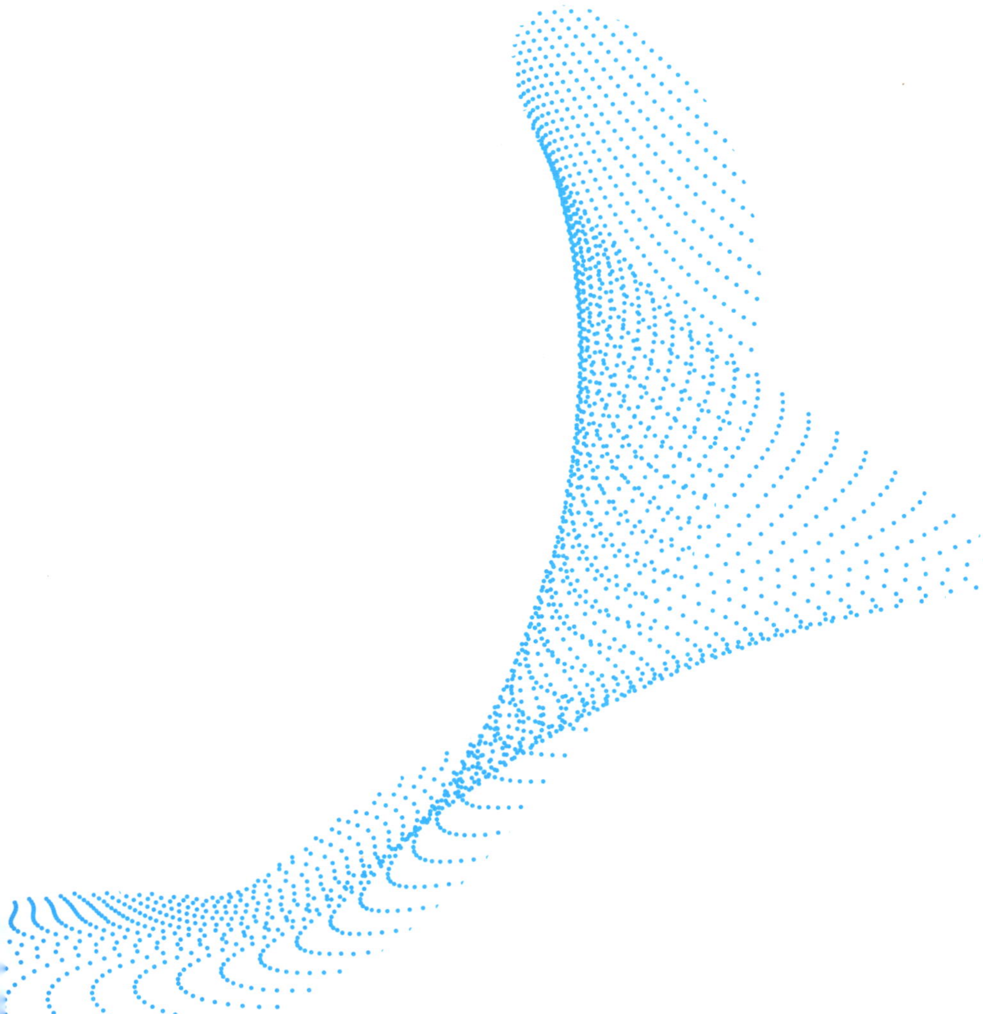

estas son las palabras más sencillas que encontré para ti.

palabras silvestres

que recogí al borde de mi camino.

me gustó estar contigo.

cada vez que abras este libro
me estarás dando a luz.

me despido de las cosas también.

me encantó vivir contigo, sauce.

adiós, teclado.

un placer, aguacate.

que te vaya bien, orilla.

buena suerte, áfrica.

chao, zapato.

hasta nunca, donald trump.

me hago pequeño como alicia.

cómeme, dice la galleta.

quiero tener de nuevo los pies pequeños

para no seguir huyendo.

quiero tener de nuevo las orejas pequeñas

para no escuchar tanto odio.

quiero tener de nuevo la boca pequeña

para no tener que maldecir.

quiero tener de nuevo los ojos pequeños

para no tener que mirar a los monstruos de frente.

quiero tener de nuevo la cabeza pequeña

para que no quepan tantas cosas malas.

para caber de nuevo en mi madre.

y retroceder.

y hacer el viaje a la inversa.

hacia lo oscuro y cálido

de su útero.

en su interior pienso en cuándo voy a nacer.

en todos los habitantes del planeta dentro de sus madres a la vez.

y en todas las madres dentro de sus madres.

así hasta el infinito.

esperando.

y el planeta vacío.

transitado por ráfagas

y por la luz del sol.

es un lugar frío y oscuro.

el universo al comienzo.

está quieto.

me aburro.

todavía no hay *instagram*.

¿ves eso? ¿qué es?

hay una estela azul ahí.

vamos para allá.

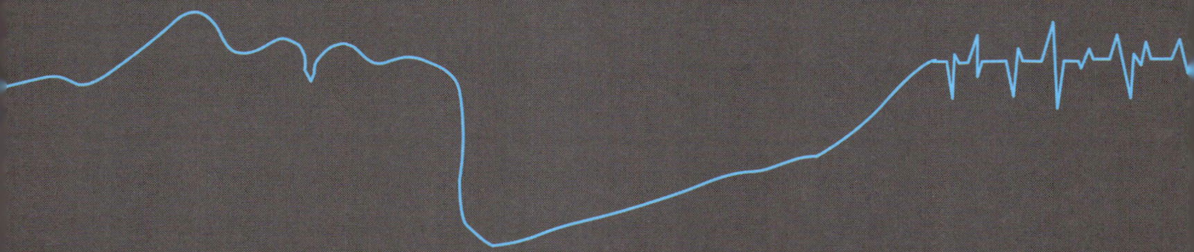

tengo una muy BUENA noticia

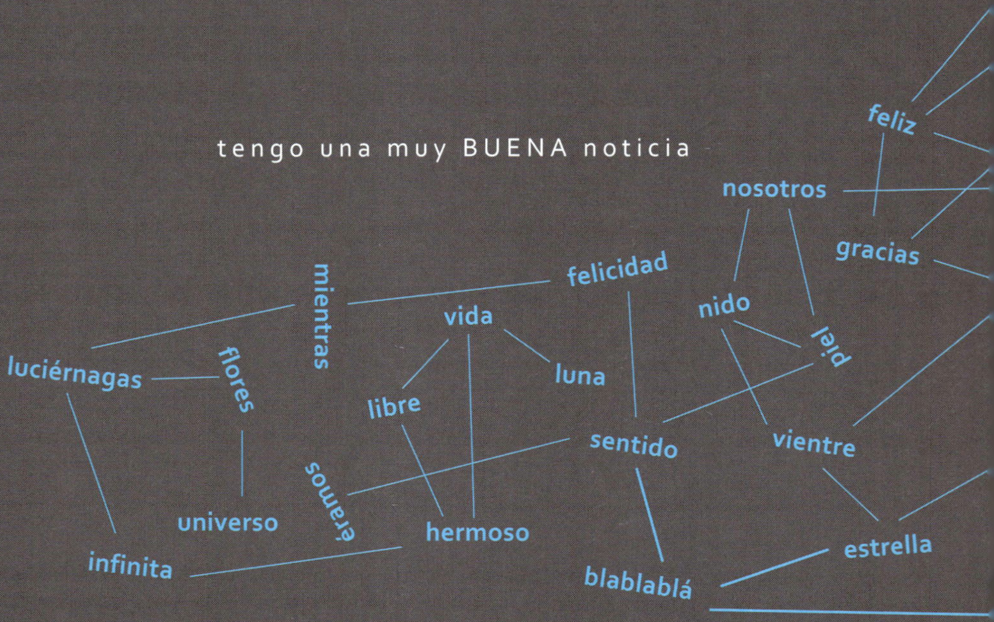

parece que todas las palabras azules se han quedado tintineando en el firmamento,

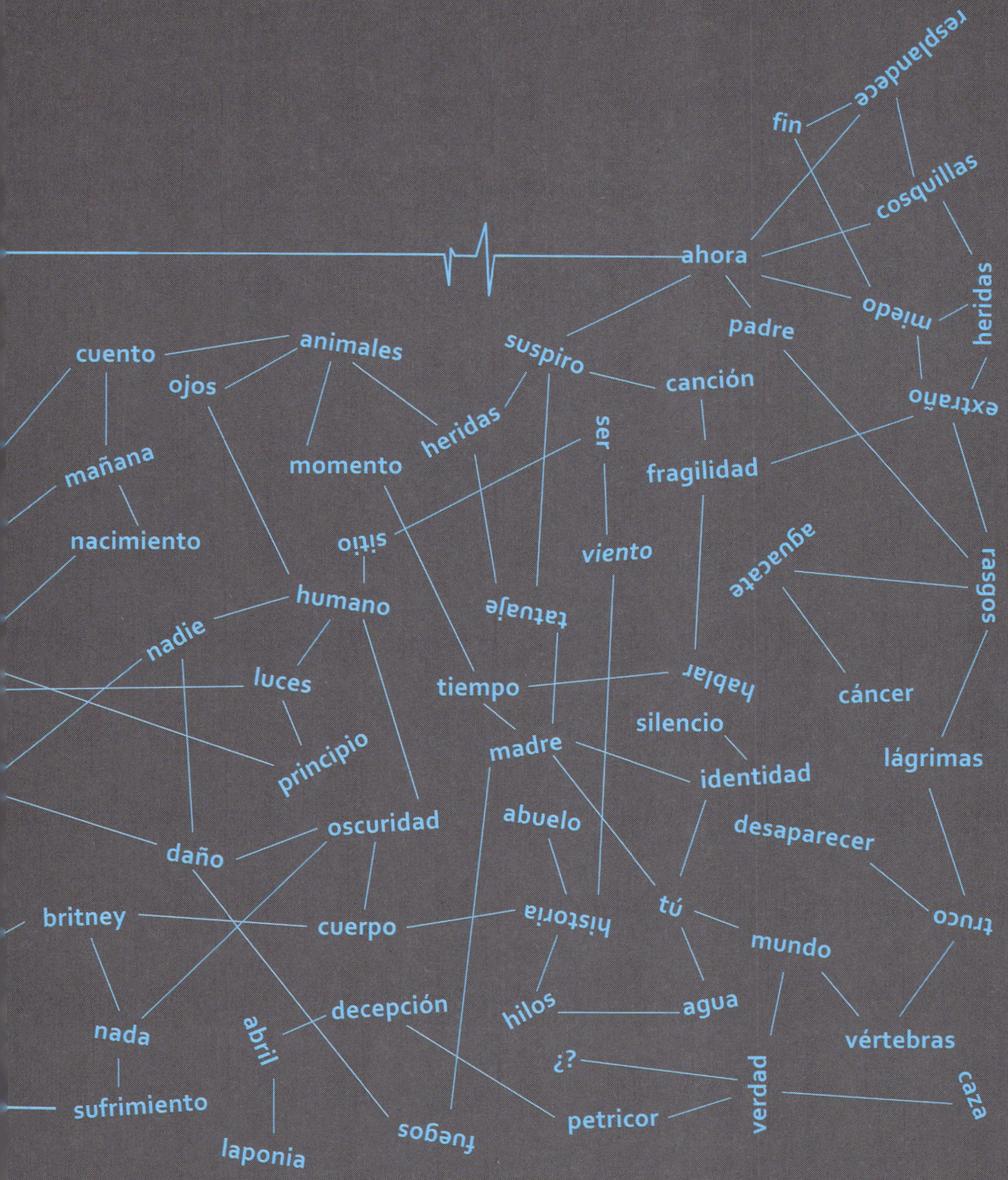

eres todas esas palabras. eres una piedra recorriendo el fondo del río. eres la uña del gato arañando el sofá. eres una pelota contra la pared. eres la boca de un perro masticando y lo que mastica también. eres un papel en blanco. eres una lágrima en la mejilla de un desconocido. eres una moneda al aire. eres la sombra de un abeto. eres un renacuajo manchado de tierra. eres su labio inferior. eres la tostada cayendo al suelo. eres la luz que se cuela por la madera. eres las manos de una niña dibujando un planeta que todavía no existe. eres un baile un poco torpe. eres el naranja del atardecer sobre una espalda. eres una mano en un hombro en un tanatorio. eres la estela de un cometa que solo verás una vez. eres él y ella y la de más allá. eres el pomo de una puerta sin llave. eres un escondite debajo de un montón de hojas secas. eres un tubo con oxígeno. eres el cordón umbilical que empieza a secarse. eres los dedos temblorosos apartando el pelo de su cara. eres la pata de una cuna. eres la cola de un ornitorrinco. eres el hueco que deja el diente de leche. eres una mariposa y sus tres días. eres un padre conmovido ante la primera palabra de su hijo. eres un hueso roto por la mitad. eres la garganta del gallo a punto de emitir su canto. eres la distancia entre dos puntos contada con los dedos sobre un mapa. eres una guitarra a la que le falta una cuerda. eres la cuerda a la que le falta una guitarra. eres el brazo tembloroso de tu abuelo colocándose el bajo del pantalón. eres un avión de papel con un mensaje en las alas. eres la ola que retrocede. eres algo brillante atravesando el tiempo y el espacio. eres el año 1980 y el de después y el de después al de después. eres la gran dedicatoria de un libro. eres un montón de cromosomas confabulados. eres el agua que salpica en el muro cuando se tira de cabeza. eres tu casa sin muebles. eres los muebles sin tu casa. eres la fuerza que ejerce el viento sobre el costado de una surfista. eres un dromedario con los ojos cerrados. eres el cielo de septiembre a las nueve de la mañana. eres el nombre que se le dio a la emperatriz infantil. eres un pajarito sin vida en la cuneta de la carretera. eres la mota de polvo sobre las pestañas de un maniquí. eres la nota con la que acaba la canción. eres una huella en un esférico. eres el suspiro antes del examen. eres demasiadas preguntas sin respuesta. eres una frase dentro de una manifestación. eres el hipo descontrolado en una sala de cine. eres el fuego carbonizando el techo. eres ese pensamiento. eres un haiku sin mucha gracia. eres un dato erróneo. eres la goma que borra el dato erróneo. eres la oreja de alguien que escucha el mar en una patera. eres un pez globo. eres un gajo de mandarina. eres una lentejuela en un bikini. eres césped. eres un cuerpo tumbado sobre el césped. eres los ojos en un cuerpo tumbado sobre el césped. eres la mirada de los ojos en un cuerpo tumbado sobre el césped. eres el cielo de noche sobre el que está la mirada de los ojos de un cuerpo tumbado sobre el césped. eres la estrella en el cielo de noche sobre la que está la mirada de los ojos de un cuerpo tumbado sobre el césped. eres la estrella tumbada sobre el cielo mirando cómo un cuerpo la observa. eres una migaja extraterrestre, eres el número 1,

29026788067520876689250171169620703222104321626954862629631361443814975870122034080588879
71240076521705751797883416625624940758906970400028121042762177111777805315317141011704666
50030269615617002504643382437764861028383126833037242926752631165339247316711121158818638
99098162905552085247903524060201727997471753427775927786256194320827505131218156285512224
31499741106926088674296226757560523172777520353613936210767389376455606060592165894667595
75033993856210242369025138680414577995698122445747178034173126453220416397232134044449487
3192180206405290551893494759260073485228210108819464454422231889131929468962200230144377
21362431926372891067050339928226526355620902979864247275977256550861548754357482647181414
15077221175082694586393204565209896985556781410696837288405874610337810544439094368358351
3599130396072014455950449779212076124785645916160837059498786006970189409886400764436170
80928757034505078081454588199063361298279814117453392731208092897279222132980642946878245
7670235037111633072586988325871033632223810980901211019899176841491751233134015273384383723
14756044317847985845397312863016254487611485202170644041116607669505977578325703951108782
95367959312322134373209957498894699565647360072959998391288103197426312517971414320123112
93022293552346674759326951654214021091363018194722707890122087287361707348649998156255472
51954686153312095335792380146092735102101191902183606750973089575289577468142295433943854
31770484818109916024425232716721901893345963786087875287017393593030133590112371023917126
4905836367541328908624063245639535721252426117027802865604323494283730172557440583727826
78053395058772458665575522939158239708417729833728231152569260929959422400005606266786743
09360246178442675727767900191919070380522046123248239132610432719168451230602362789354543
9124598093704305555961379734326134830494949686810895356963482817812886253646084203394657
09457228881092077882277203636684481532561728411769097926666552238468831137185299192163190
42987807352215984266766257807706201943040054255015831250301753409411719101929890384472503
55352034788811741499412748264152135567763940390710387088182338068033500380468001748082205
3794215589574282021665706218809057808805032467699129728721038707369 974064589202586565739
14343590509383212437433338705166571490059071056702488798580437181512610044038148804072524
51206070550399208844260370879084333426183841359707816482955371432196118950379771463000755
16532042340155374144268715405511647961143323024854404094069114561398730260395182816803448
83912018127312916589952759919220318372356827279385637331265479985912463275030060592567454
031488391176930119658583431442489489856558425083410942950277197583352244291257364938075417
847390793361111914089983056033610609871717830554354035608952929081846414371392943781356048
319510644216738718000110042184830258091654338374923641183888564685143150063731904295148146
31796020941530858553323877253802327276329773721431279682167162344211832018028814127474431688
7104761255865837529862362509998232335971550723383833244081525778193364262630433026589581708
686072713426926231547533043799331658110736964314217197943405639155121081081362626888569748
787562059185432888834174292090156313328319357562208971376563097850156315498245644586542479
146286179918323364598369637632722575691597239543830520866474742381511079273494836952396479
0327227726017174045355716588555782972910619581935171055482579307091005763586990192972179951
99631878342027491015335791072733625328906933474123802222011626277119308544850295419132004
4956472032943343742989464274125514359058434840919548701523614031739139036164401984550510
251379723314751852070910250636859816795304818100739424531700238804759834323450414258431406
85277925427816597038349505801062615533369109378465977105297502231730741217783441894118459
711629667771005876646159549677692705496239398570925507027406997814084312496536307186653
6080635457794624145310669837421137981689638235333044778831693397287289181036640832698569
167389811781242483655781050341694515636260430036657431084766548777801285779236454185224472
855039097353872613451196292641599521278931135443146015273090255382710432596622674390374556
079973870447020316683485694199096548029824931981765792682985562972301068277723516274078380
57571354442789838304045470271019458004258202120234458063034503365814721854920367998997293
110368715211640405821934471204482775960541694864539878326269548013915019038995931306703186

5474924618569536486444924104432077134494704956584678850987433944221254487706647809158874
4669798731761356006708748071013179523689427521948435305678300228785699782977834784587822
162038400522216579128667529465490681131715993432359734949850904094762132229810172610705
3947123414517022373580577278616008688382952304592647878017889921990270776903895321968198
0040055590895022953094231248235521221241544400647034056573479766397239494994658457887303
3154176768937521030687378803441700939544096279558986787232095124268935573097045095956844
9923007803085261180754519288770502109684249362713592518760777884665836150238913493333122
7000602389016207773224499435308899909501680328112194320481964387675863314798571911397815
1131168993855576975484149144534150912954070050194775486163075422641729394680367319805861
4172709191433650137157660114803814306262380514321173481510055901345610118007905063814215
7401745055406778757083237310975915117762978443284747908176518097787268416117632503861211
09347860497929459915822012581045982309255287212413704361491020547185549611808764265765111
2710647893902111569103927683845386333321565829659773103436032322545743637204124406408882
1894778172691415891177991956481255800184550656329528598591000908621802977563789259991644
3734798716569527489008144384053274837813782466917444229634914708157007352545707089772675
5533963038072916917584610146099505506480367930414723657203986007355076090231731250161320
702634940283076687674363865132710628032317406931733448234356453185058135310854973335075
6031739364013287627701243679831144643694767053127249241047167001382478312865650649343418
2397245408481765197343626526894488855272027477874733598353672776140759171205132693448375
1769975753689041763650254785138246314658336383376023577899267298863216185839590363998183
4419457142666823718394918323709085748502665680398974406621053603064002608171126659954191
5686312228207155998764684235520592853717578076560503677313097519122397388722468258057159
8802450143679684416947959545304591031381162187045679978663661746059570003445970113525181
9684420264464021877053401003180288166441530913939481564031928227854824145150318882518997
6085956653410703599783204463363464854894976638853510455272982422906998488536968280464
1642902247822715272411208506578883871249363510680636516674322232776775579739927037623191
3795703552271449319132172556440128309180504500899218705121186069335731538959350790300736
5432673857590056043202453727192912486458133344169852993913574786989579864394980230471169
3508811929505685493259355318729141801136412187470752628106869830135760524719445593219553
3924376014350682987849327129975122868819604983577515877178041069713196675347719479226365
8947912574507707557510300242072662900180904229342494259060666141332287225257282806643312
431460895254707203740556691306922099080481945297511065046428105417755259095187131888359147
8459392781435474099999072233203059262976611238327983316988253931262006503702884478286669
5127887311593558774721725649470005163667257715392098409503274511215368730091219962952276
0601169189417502722987415869917914534994624441940121978586013736608286907223651477139126
722828750608481453351352181729587932991171003247622205219464510536245051298843087134443950
936983249179995027895000604596613134633630249499514808053290179029751825158750490074351
3117556314448564810022001425454055429273458837116020994794572082378043687189448056368918
9865566651775664095365619789781838045103035651013158945890287186108690589394713680148457
11697920012019996050699496640303508636929039410070194505320162348727632327324494396304
27210960228242337822809027976596077710849391517488731687771352239009117117350918600654620
5102980187787427445638669661 27724503845860526415103040898257777544741153320764075881677516
605874224259816530705257383454157705429216299811491750861131176577317209561565647869547
4438516675862289930696434684897514840879039647604203610206021717394470263487633654393195
137422925584159313561286637167032807217155339264632573067306391085410886808574283858828060
2861390783194335705900381487008986613153981958574423304419708566967222931427307413848827888
877827318211919695280051608791572128826337968231272562870001500182929757729993579094919640
919681213319516537974539911149424445183033858841290401817818821376006659284941367754317451
70663719640256928671388714663118919268568269199527645799771827875946096161721886810945465
5401922454503257656739259976517530801427160714308718862859826037465957134204670082

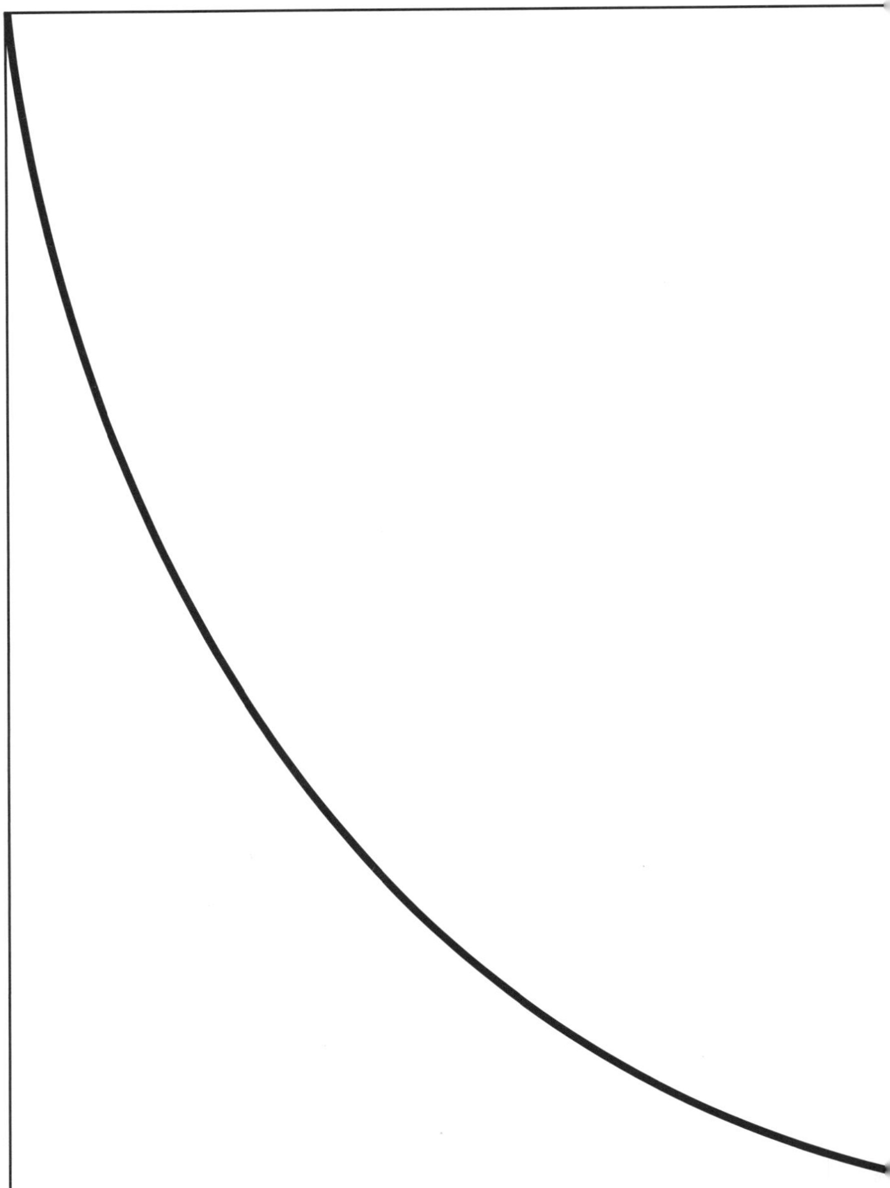

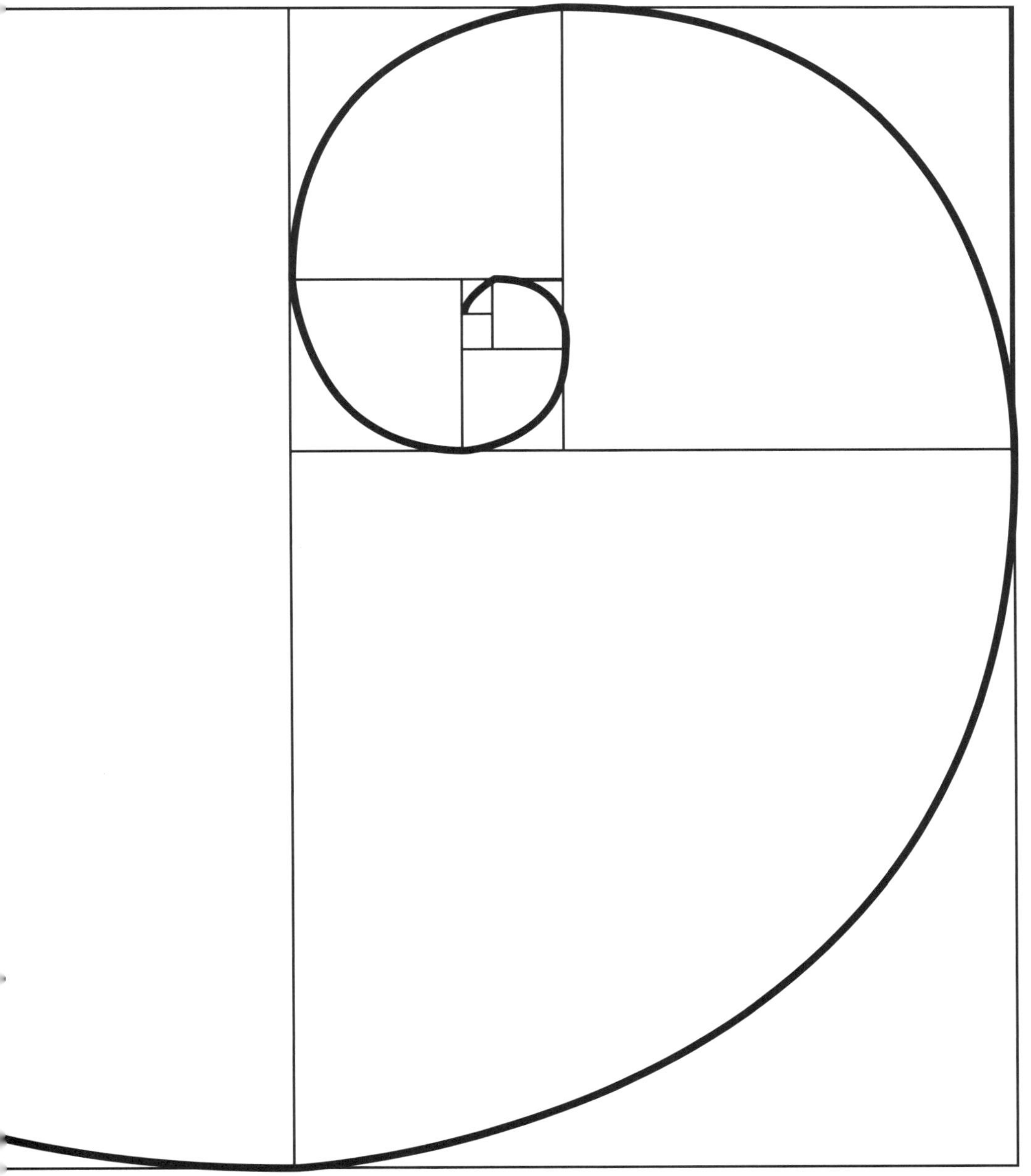

tengo que irme ya, pero quiero hacerte un regalo de bienvenida.

las palabras que me hubiera gustado que mi madre
me dijera antes de que sus cenizas se ahogaran en el mar azul:

te voy a echar muchísimo de menos,
pero quiero que sepas que estoy muy orgullosa de ti.

y dará igual aquello en lo que te conviertas

si no olvidas nunca que

fuiste

eres

y serás

un lugar

irrepetible

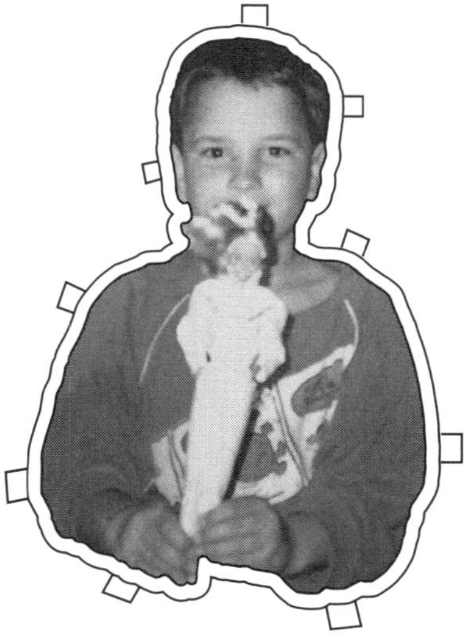

Roy Galán nació en 1980, pero realmente vino al mundo seis años después, cuando le regalaron su primera muñeca y le hicieron el niño más feliz y libre de todo el planeta Tierra.

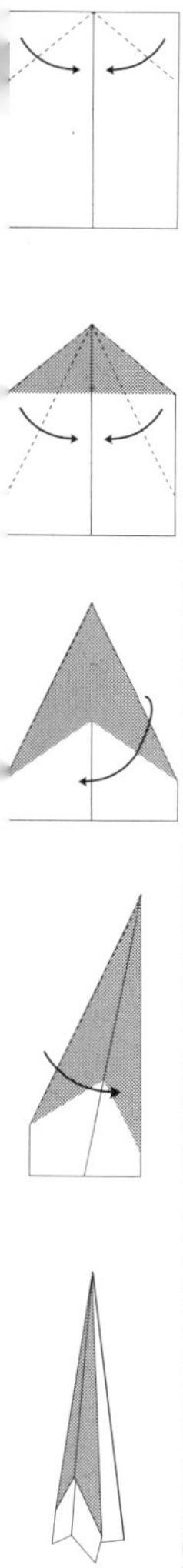

soy un lugar irrepetible